# 文化德宏

芒市

黎明之城　心之所向

中共芒市市委宣传部　编

云南出版集团　云南人民出版社

# 文化德宏·芒市

**本卷撰稿** 张再学　李天义　禾　素　陈　述　董晓梅　左金惠
　　　　　杨定然　冉清雯　朗妹喊　李建芹　许正苁　倪国强
　　　　　孙宝廷　张宜兰

**本卷摄影** 杨帮庆　钱明富　庄郁葱　甘元忠

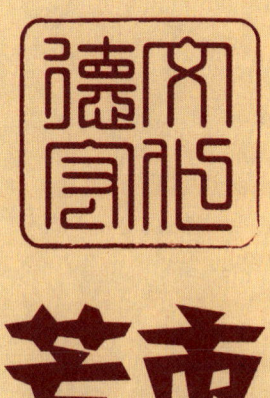

芒市

图书在版编目（CIP）数据

文化德宏. 芒市 / 中共芒市委宣传部编. —— 昆明：云南人民出版社，2022.2
ISBN 978-7-222-20625-0

Ⅰ.①文… Ⅱ.①中… Ⅲ.①散文集–中国–当代 Ⅳ.①I267

中国版本图书馆 CIP 数据核字（2022）第 018426 号

出 品 人：赵石定
责任编辑：苏映华
助理编辑：李　平
装帧设计： 熊·小·熊
责任校对：姚实名
责任印制：窦雪松
书名题字：孙太仁
封面绘画：杨小华

WENHUA DEHONG · MANGSHI
## 文化德宏·芒市
中共芒市委宣传部　编

出　　版：云南出版集团　云南人民出版社
发　　行：云南人民出版社
社　　址：昆明市环城西路 609 号
邮　　编：650034
网　　址：www.ynpph.com.cn
E-mail：ynrms@sina.com
开　　本：787mm×1092mm　1/16
印　　张：16.25
字　　数：250 千
版　　次：2022 年 2 月第 1 版第 1 次印刷
印　　刷：云南出版印刷集团有限责任公司华印分公司
书　　号：ISBN 978-7-222-20625-0
定　　价：79.00 元

如需购买图书、反馈意见，请与我社联系
总编室：0871-64109126　发行部：0871-64108507　审校部：0871-64164626　印制部：0871-64191534

版权所有　侵权必究　印装差错　负责调换

云南人民出版社微信公众号

# 总　序

地处高黎贡山余脉的德宏，江河南流，翠色尽染，历史悠久，文化璀璨，被人们誉为"美丽的孔雀之乡"。

闭目冥想，亿万年前，亚欧板块和印度洋板块漂移相遇、碰撞结合，使高黎贡山从海洋深处崛起，形成云南西部一堵"壮观的墙"，并分割着亚洲最重要的两片地域，你可曾想到这个山脉的崛起将产生怎样的意义？

伫立于德宏这块丰饶的沃土，聆听南方丝绸之路上的声声马铃，你是否感叹中原文化、南诏古国文化与勐卯果占壁文化相互碰撞、交融后所产生的辉煌？

假使说"文化德宏"丛书是一套内涵丰富、博大精深的现代版"德宏史记"，那么，这部"德宏史记"将向你展示西南边陲明珠所蕴含的久远与厚重、传奇与浪漫、和谐与包容。透过"德宏史记"这套传奇之书，你将看到从新石器时代一路走来的德宏，用4000余年的丰厚积淀，堆积出自成一体的文化精粹和人类文明。

一

毫无疑问，这场来自远古的漂移相遇与碰撞，创造了一道绿色的屏障，铺就了一条生命成长的走廊。从此，一群生活在瑞丽

江流域的南姑坝古人类便在这里狩猎捕鱼，用笨拙的双手打磨出最初的石刀、石斧、石锛，烧制出夹着沙粒的红、黑陶器，成为最早的稻作民族，并用贝多罗树叶制成了"贝叶经"，记录了自成一体的天文历法、佛教经典、社会历史、哲学、法律、医药等诸多内容，形成了流传经久的贝叶文化。

穿越浩瀚的史海，去寻觅德宏古老的文明，你会看到那个威武的莽纪拉扎"大王"乘着神奇的白象和他的子孙通过经年鏖战，创立了达光国、勐卯果占壁王国、麓川王国。《史记·大宛列传》载："昆明之属无君长……然闻其西千余里有乘象国……"而唐人樊绰所撰《蛮书》卷四《名类》记载："……妇人披五色娑罗笼，孔雀巢人家树上……土俗养象以耕田，仍烧其粪。"这应该是中原王朝的先贤们对傣族古老王国最早的记录。

当那一条世人知之甚少的"蜀身毒道"经德宏出境进入缅甸，最后到达印度和中东的传闻得到证实后，一个名叫马可·波罗的意大利人和明代著名旅行家徐霞客都慕名而来，并给德宏留下了史诗般的描述。

数千载风云变幻，五百年土司延续，三宣六慰、十司共治，改土归流，终将被历史发展的洪流带入跨越之舟，驶向光辉的彼岸。

## 二

打开尘封的记忆，在德宏这块美丽神奇的土地上，生活着傣族、景颇族、阿昌族、傈僳族、德昂族五个世居少数民族。他们在漫长的历史发展过程中，不但创造了灿烂辉煌的历史文化，更承传了绚丽多彩的民族风情。

德宏的历史文化艺术不仅有过古老的辉煌，而且沿袭几千年，积淀了丰富和厚重的民族民间艺术资源，是少数民族文化艺术的"活宝库"，也是现代德宏文化艺术赖以继承和发展的优势所在。这里有独特奇异的边疆民族风情，多姿多彩，让你目不暇接。

他们与水结缘，与水的狂欢，用贝叶书写着古老的文明；他们在高耸入云的目瑙柱下跳起了来自天堂的舞蹈——目瑙纵歌，传唱着久远的创世史诗"目瑙载瓦"；他们挥舞着闪亮的户撒长刀，演绎着千锤百炼后的"遮帕麻和遮咪麻"；他们不畏艰险赴刀山火海，演绎不一样的坚毅和勇敢；他们是茶的民族，是古老的茶农，在时间的流逝中吟唱着"达古达楞"。

2019年11月12日，文化和旅游部公布了最新国家级非物质文化遗产代表性项目保护单位名录，德宏上榜13个国家级非物质文化遗产代表性项目。这是一本记忆的档案，这是一份德宏的家珍。千百年来，这些五彩缤纷的文化艺术在静态保护和活态传承中璀璨绽放，散发着迷人的文化魅力。

来德宏吧，在这里你可以看到原生态的"孔雀舞""嘎秧舞""象脚鼓舞""目瑙纵歌舞""银泡舞""阿露窝罗舞"和"三弦舞"，听着葫芦丝演奏的《有一个美丽的地方》和《月光下的凤尾竹》，让你的梦浸淫在绚丽多彩的民族风情画廊中。

## 三

感谢这场来自远古两个地球板块的相遇与碰撞，它让地处东经97°31′—98°43′、北纬23°50′—25°20′的德宏群山连绵，层林密布，郁郁葱葱。造就了德宏特殊的地理位置和特有的地形地貌，形成了德宏立体多样的气候，让这里光照充足，雨量充沛，冬无严寒、夏无酷暑，花开四季、果结终年。

风光旖旎的瑞丽江、大盈江两条水系穿行于山坝之间，不是仙境，胜似仙境，让德宏拥有"孔雀之乡""热区宝地""天然温室""鱼米之乡""香料王国""热带亚热带物种基因库"等美称。

在这个最适宜人类居住的地方，你可以欣赏到秘境丛林中万物竞生，犀鸟、菲氏叶猴、白腹锦鸡等各种珍稀兽类和禽类在铜壁关

国家级自然保护区里出没。珍奇树种应有尽有,山高水长皆入诗画,独树成林唤醒江湖。当镜头对准大自然时,会发现神奇之美无处不存。

德宏——她不施粉黛,美得自然、古朴、恬静,是人们向往的诗和远方。来一次说走就走的旅行吧,走进德宏的热带亚热带雨林,去拥抱灵动的自然,去触摸神秘的画卷,去尽情享受精神家园的回归。

# 四

德宏——这个古老的南方丝绸之路必经的驿站,历经的苦难实在是太多太多,但境内的各族人民总是挺起脊梁,守护家园。

这里地处祖国西南边陲,战略地位极为重要,自古以来为兵家必争之地。唐宋元明,不必赘述,进入近现代,由于英、日帝国主义的相继入侵,各族人民奋起抗击,表现了不屈不挠的反帝爱国精神。清光绪元年(1875年)在盈江蛮允发生的马嘉理事件,让腐败无能的清政府签订了屈辱的《烟台条约》(又称《滇案条约》)。为了抵御英军入侵,先有干崖土司刀安仁率众在铁壁关抗战达八年之久,后又有陇川王子树景颇族山官早乐东,面对强敌临危不惧,英勇抗击入侵英军,挫败英帝国主义妄图蚕食我国领土的阴谋。云南辛亥革命的先驱,傣族民主革命的先行者刀安仁率领德宏各族人民发动腾越起义。为了全国抗战的最后胜利,德宏各族百姓无怨无悔,用最原始的工具创造着筑路奇迹,把血与泪铺洒在滇缅公路上。南宛河畔的雷允,一座飞机制造厂悄然诞生。滇缅路公上,3200多名南侨机工在日夜奔忙,有1000多人在这条血线上因战火、车祸和疾病为国捐躯。1950年4月29日上午,鲜艳的五星红旗插上畹町桥头,从此,德宏边疆各族人民便开始了千年的跨越,《有一个美丽的地方》就此唱响。借助改革开放的春风,瑞丽江畔的姐告——一个昔日的牧场引发了历史嬗变。

德宏与缅甸山水相连,村寨相依,中缅两国友好交往的历史源远流长。从缅甸琉璃宫中"胞波的传说"到唐代白居易的《骠国乐》,从中

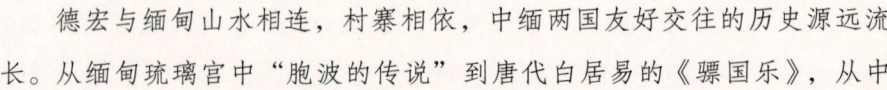

缅两国总理跨过畹町桥到德宏傣族景颇族自治州州府芒市举行中缅两国边民大联欢，从一口水井两国共饮到享誉四海的"中缅胞波狂欢节"，从小小留学生到国门书社，从"一马跑两国"到"丝路光影"国际微视频德宏影展，都诠释着中缅两国历久弥新的胞波情。

　　晨钟，荡不开两岸血浓于水的兄弟情结；暮鼓，传递着中缅两国人民世代友好的既往。

# 五

　　阳光毫不吝啬地倾洒在布满棕榈树的街道上，数座翡翠般晶莹的袖珍小城，就用悠闲的时光将每个来到这里的人"俘获"。透过"文化德宏"丛书，你是否愿意去仔细地揣摩和品味深藏在大街小巷或山乡村野的德宏味道？

　　走进德宏，徜徉在柔软的时光里，去感悟德宏众多奘房的幽静，去聆听风铃歌唱时散发出的袅袅余音。如果你还是个吃货，就更不该错过傣家最爱的"酸、甜、苦、辣、生"，拿出你的勇气去品尝一下"撒"的味道和奇特的昆虫食品吧，再不然就去感受一下景颇族"绿叶宴"的视觉和味觉的双重盛宴。

　　造物主仿佛特别宠爱这个地方，用了太多的乳汁、太多的色彩勾画这片沃土，让她闪烁出神秘而悠远的光彩。

　　愉悦地走进德宏色彩斑斓的世界，看勐巴娜西的黎明之城，到瑞丽江畔捡拾遍地的美丽，把水墨陇川拷进硬盘，让万象之城的大象驮着你去看梁河的"塔往右，水往南"。

　　你听说过"玉出云南，玉从瑞丽"吗？来德宏吧，看看现实版的翡翠传说，观察一下翡翠直播的新业态，体验一把珠宝市场万人簇拥的早市、晚市，选购一块与你结缘的翡翠，把山清、水秀、天蓝、恋情留在此地，把最美的诗和远方带回你温馨的家。

　　或许你感觉德宏古老的历史已经沉睡，但要相信记录历史的时

间依然醒着，因为在这块神奇美丽的土地上，有一群本土的历史文化名人，在特定的历史时期，用有限的生命铸造着德宏文化的历史丰碑，它将承载着今人的记忆驶向希望的未来。

文化德宏，史记德宏，能让你倾听每条江河流淌着的婉约之音，目睹每座青山描绘的瑰丽乐章，看到生命的创造，看到希望的拓展。当你与德宏相遇牵手，就能够触动你心灵深处那一根敏感的神经，并生发一种魂牵梦萦的情愫。

# 目录 Contents

### 001　第一章　历史情横贯时空

- 002　芒市：英雄的名字
- 011　贝叶经：文化之舟
- 022　映阶碧草话古迹
- 040　傣族象文化解读
- 048　目瑙示栋上的千山万水
- 056　跨国马帮
- 061　边城逸事
- 065　缅桂飘香怀念贵人
- 069　烽烟芒市

081　第二章　山水情丹青画卷

082　关山深处有秘境
090　怒江行
095　上天恩赐的温暖
101　填补传说的空白
106　水润遮放
114　走进勐戛
128　稀奇古怪珍奇园

133　第三章　民族情风情万种

134　闪烁的文学之光
143　一方百姓一方礼仪
147　德昂水鼓：族人的精神纽带
153　异样的遗俗
168　寄情于水　佳节狂欢

| | |
|---|---|
| 176 | 又是一年摆冷细 |
| 181 | 白云深处傈僳族人家 |
| 185 | 古歌之殇　换得婚姻自由 |
| 193 | 剪辑岁月的希望 |
| 200 | 德宏第一位共产党员罗志昌的传奇人生 |
| 204 | 战争硝烟中走来的共和国老兵 |
| 210 | 孔雀公主万小散 |

**215　第四章　美食情挥之不去**

| | |
|---|---|
| 216 | 香茗不老 |
| 230 | 后谷之果子狸咖啡 |
| 234 | 芒市人的乡愁 |

**241　后　记**

# 第一章
## 历史情横贯时空

芒市披着神秘的面纱从远古走来，考古学家曾在当地的五岔路乡、中山乡发现新石器时代遗址，一个雨林部落的背影晃动在时光隧道的远方。汉代之前芒市属哀牢地区，"哀牢"乃傣族古国国王姓名，故史书称傣族王国为哀牢国。汉武帝时期属滇越乘象国的一部分，最早的建制始于西汉，设不韦县，属益州郡。东汉年间划入哀牢县，属永昌郡。唐宋元明清直至民国时期都有明晰的建制，新中国成立后县名沿用"潞西"。2010年，经国务院批准，"潞西"更名为"芒市"。芒市遥远而不闭塞，作为"南方丝绸之路"的隘口，一头连着中原腹地，一头连着东南亚，土地富庶，商业贸易频繁，自古以来民族文化独领风骚，诸多沉默无语的人文古迹显现出特质文化的内涵。

## 芒市：英雄的名字

　　一个英雄的名字演绎为地方名称，因为这个历史人物做了一件不平凡的事，值得后人纪念。传说不是历史，但它蕴含着人文，我们可以感受到一种深层的精神理念，人性的光辉闪烁其间。

　　思维穿越时空，可以抚摸岁月的温度，五千年的始端，是一片寂寞清冷的苍穹，神奇的华夏大地期待着一个民族的兴起，古老的部落族群开始萌动。其实萌动的不仅是黄河摇篮，还有方圆千里的群山峡谷。随着时序的推进，逐渐演绎成具有民族性和区域性的文化，渗透于生产生活及社交活动之中，各自彰显魅力，横亘时空，逾越千古。观之，五彩纷呈，千姿百态；闻之，宛如天籁之音，洗古润今。在此，笔者为你拉开岁月的幕布，拨动那些响亮的音符；将你带进风情万种的芒市之地，了解那些神采飞扬的历史掌故；聆听月亮与石头对话，让文化的魅力撼动我们的心扉。

　　傣族、景颇族、德昂族、阿昌族、傈僳族是芒市的世居少数民族，世代在此繁衍生息。在当今五个世居民族中，傣族和德昂族是最早进驻这块土地的民族，其先民分别是腊、养、碧、百越等族群。远古的芒市神秘而粗犷，人与自然演绎了英雄的土地。聆听雄浑的鼓声，铺开折叠的时光，我们与千年芒市相遇。

❶ 傣家小卜少爱戴花
❷ 德昂族女性服饰
❸ 傣族女性服饰

第一章 历史情横贯时空

❶ 芒市中山乡尖山寨考古发掘遗址现场

❷ 州、市文管所工作人员对出土石器进行测量、登记

　　芒市的古时称为"茫施"，起源于一个英雄的名字。傣族和德昂族称他们居住的地方为"勐"，"茫"是"勐"的异译。而"施"同样是上述两个民族的语言，意为"老虎"。相传，上古时代，猛虎经常伤害人畜，有个勇敢的村民披上虎皮，装扮成虎，融入虎群，终日与虎为伍，出没山林，最后将凶猛的老虎驯服，使其成为守卫村庄的忠诚卫士。这位驯虎者智勇双全，是人们心目中的大英雄。于是，"茫"和"施"二字合并在一起，变成英雄的名字。随着时间的推移，"茫施"演绎成部落的名称，唐代史书用"茫蛮"记载他们，元、明时期则用"金齿"记载他们。唐樊绰的《云南志》载："茫蛮部落……茫是其君之号，蛮呼茫诏……又有大赕、茫昌、茫盛恐、茫鲜、茫施，皆其类也。"唐初，以乐城（今芒市）为中心地区称茫施、茫施蛮，属金齿部，隶剑南道姚州都督管辖。宋朝易名怒

谋，属永昌府。历史上的"金齿民族"是否专指德昂族，有待进一步考证。从史书记载情况看应该是一个统称。因为在元代，傣族也被称为"金齿百夷"，简称"金齿"或者"百夷"。《元史》中对今滇西傣族有"金齿白夷""金齿""金齿蛮""金齿国"等多种称呼。

如果说本土民族的记忆赋予芒市太多的传奇色彩，史书的记述过于简略或有语焉不详之嫌，那么科学的考证毋庸置疑，考古学家曾在当地的五岔路乡、中山乡发现新石器时代遗址，一个雨林部落的背影晃动在时光隧道的远方。早几年，在芒市的中山还发现了野生稻，这一原始物种提供了远古信息。历史可以佐证，傣族先民和德昂族先民在采摘、育种过程中有过怎样的思考。失败的懊恼，成功的惊喜，早已被历史尘封，但第

勐板土司府

一株金穗无疑开创了水稻农耕的先河。躬耕劳作的先民用智慧和汗水缔造了早期的农耕文明。英雄和老虎的故事，从民间文化的角度而言，也能找到佐证的事例。许多傣族村庄的牌坊上多画有老虎、龙或大象，老虎作为百兽之王依然肩负着守卫村庄、守卫百姓、守护正义和善良的神圣使命。沧海桑田、日月轮回，英雄的初衷始终是引恶向善，成为正义的力量。故事非常遥远，古今一脉相承。

14世纪茫施翻开了新的一页。明正统八年（1443年）王骥率军第二次讨伐麓川时，茫施土官放氏积极配合朝廷，立下战功，茫施改为芒市御夷长官司。自此，"芒市"一词开始出现在史书中。"芒市"既保留了原地名的发音，便于当地人接受，又在字眼上有别于旧地名，象征着边地芒市进入一个新的历史时期。所以，"茫施"变为"芒市"，在当时有着特殊的政治意义。因为自14世纪

❶ 傈僳族服饰
❷ 德昂族服饰

初，德宏地区的麓川政权逐步勃起，并吞诸路，建立了果占壁地方政权，而且势力范围不断扩大，导致朝廷三征麓川。果占壁政权灭亡后，朝廷先后建立南甸、干崖、陇川三个宣抚使司和芒市御夷长官司及户撒、腊撒两个长官司。不久又分出盏达、遮放副宣抚司，芒市升为安抚司。各司分属而治，形成相互制约的局面。另外，古人易名也并非草率而定。芒市因地理位置特殊，物资流通可以追溯到春秋战国时期，一条秘密的商道通往中原腹地。到汉朝时，这条隐秘的商道出现在帝王的视野里，汉武帝挥斥方遒，以军队为先驱，打通"蜀身毒道"，漫长的丝绸之路更使商队络绎不绝。当时的"茫施"无疑是重要的隘口，是珠宝、盐茶、布匹等货物的聚散地，商贾往来，交易繁忙。故而，芒市的"市"字含有"市场""市贸"的意思。

 傈僳族打戈

第一章 历史情横贯时空

007

❶ 阿昌族女性服饰
❷ 第二届景颇族织锦大赛

遮放副宣抚司原为陇川副使，明万历初升为副宣抚司。到清光绪二十五年（1899年），芒市境内又增加了一个司署，那就是勐板土千总。至此，芒市成为"芒、遮、板"三司辖地。民国时期芒市开始成立设治局，国民政府推行新的政令，准备实行改土归流，废除封建领主制度，遂采取"土流并存"的过渡策略。到1934年，将"芒遮板设治局"区划名称改为"潞西设治局"，局机关设在勐戛，统管"芒遮板行政区"。从此，"芒市"一词被官方抛弃，不再作为行政区划名称使用。"潞西"之名一直沿用到2010年。当时更改地名的原因可能是认为"芒市"不能代表三司领地，重新换一个名称大家都能接受。然而，"潞西"之意为潞江以西，仅是一个方位词，无任何文化内涵，而"芒市"一名早已融入当地各族人民的情感中，在人们的心里感觉非常亲切，这

芒市五个世居少数民族的女性服饰

是一种人文的地名情怀,难以割舍。2010年7月,一个激动人心的消息传到芒市,经国务院批准,"潞西"更名为"芒市"。既传承历史,正本清源,又体现出一个地方的发展程度——芒市是地名专用,其"市"字又是政区通名。这种特殊的地名在全国少见,也最容易让人记住。

芒市传说千古,地名耐人寻味,热带雨林孕育了古老的民族,傣族、德昂族留下了漫长的史迹,绚丽厚重的文化闪烁古今。13世纪阿昌族迁入,16世纪景颇族、傈僳族迁入,给芒市文化增添了新的元素。明末清初汉族迁入,在带来先进的生产力的同时,也把中原文化延伸到边疆。同时,由于地处西南边疆,颇受东南亚文化影响。所以,芒市是一块水乳交融、五彩斑斓的文化共生地。让人驻足观光的景点有三棵树、三仙洞、仙佛洞、勐焕金塔、勐焕银塔、树包塔、广母塔、菩提

第一章 历史情横贯时空

009

寺、五云寺、佛光寺、孔雀湖和瑶池等等，它们是芒市的自然历史景观。当年的"南方丝绸之路"重放异彩，发生了史无前例的跨越。芒市机场已经通航30多年，如今航班直达北京、上海、重庆、成都、广州等地，境外直达缅甸曼德勒。芒市作为通往南亚、东南亚的重要平台和窗口、交通枢纽、商贸物资聚散地，风华正茂，扬帆起航正当时。

繁忙的芒市机场

# 贝叶经：文化之舟

贝叶树即贝多罗树，形如棕榈，叶子肥硕厚实，属亚热带木本植物。叶子经过复杂加工处理，平整光滑，在上面刻写文字，精致美观，且不易损坏。傣族信仰南传佛教，刻写的文献中以佛教经典数量最多，故而统称"贝叶经"。

## 贝叶经不仅仅是一部经书

贝叶经最早源于印度，至今已有2500年的历史，在东南亚广为流传，据说共有84000部，其中《阿鸾的故事》有550部。此书流传在芒市地区的数量也不少，经书封面设计典雅、古朴而大气，原著用印度巴利文写成，后大量翻译成圆体傣文。傣族人民十分珍爱这一宝贵的历史文化遗产，视其为神圣之物而认真保护，有些经典还在民间辗转传抄，我们还可以看到人们制作、刻写贝叶经的全过程。如今，较为完整的经书多珍藏于奘房中，民间部分农家有少量藏品，尽管数量有限，字数很少，但主人对这个珍贵的古籍非常敬重，不会随便摆放，都是放在室内高处，有的将其包扎好悬挂在枕头上方的屋梁上，得到很好的珍藏。

贝叶经是傣文化之"根"，凝聚着一个民族的思想智慧。其内容广泛，博大精深，从开天辟地到万物形成，从游猎迁徙

到农耕定居,从神灵信仰到文化发展,从个人道德到社会规范,从生产经验到科学技术,都有详细的记载、有生动的阐述。所以,贝叶经不仅仅是一部经书,它是傣族传统文化的百科全书,是运载傣族历史文化走向光明的一叶神舟。一部绿色的经典长期熏陶着一个民族。此书具有几大特点:用信徒行为劝导世人行善积德,无私奉献;用丰富多彩的文学故事教育后世,展示人性的光辉;用简明的案例警示人们,规范人们的社会言行;用朴素的农法思想确定人与自然的关系,倡导人与自然和谐共生。我们仔细研读贝叶经,可以从中品味其蕴含的特质文化。

在贝叶经《维先达腊》中,主人翁维先达腊 8 岁谈自己的心愿时说:"我想去赕(即布施),连我的身体的一切都敢赕。谁想要我的心肺,我将剖开后真心赕出去;哪位想得到我珍贵的双眼,我将挖出做布施;哪位想得到我的肉,我将忍痛割下给他;哪位想要

贝叶经

我去他家做用人，我也会去！"维先达腊当了国王后果然言出必行，布施大象、骏马、车辆、仆人等等，最后连自己的妻子和孩子也做了布施——当然那是神灵对他的考验。神变成一个乞丐向他乞讨美丽的妻子去侍候自己，之后又归还给国王。贝叶经中有一本《佛陀教语》，此书在认真论述了信奉佛法的重要性、佛法的内容、如何尊老爱幼、如何处理夫妻关系等问题后，进一步论述了为人处世要注意的十二条，修造"四向四果"要坚持的十六条，掌握佛法要坚持的二十二条，圣者在修造佛法波罗蜜中总结出的三十二句话等等。其表达方式颇有特色，不是空泛的说教，讲些枯燥无味的大道理，而是联系实际，言词形象生动，比喻贴切，并以警句的方式出现，能感化世人。许多语言虽然比较朴实，但采用了相应的修辞手法，有明喻、借喻和暗喻等，如，在待人上

贝叶经

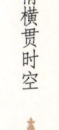

"讲话的声音要像糖一样甜，对小孩说话要像对自己的孙子一样和蔼，对穷人说话要像对上司和长者一样尊重"，"心想会穷就会爱护钱财使自己富有，心想会富就会遭穷"。强调要与人为善，不能盛气凌人；要勤劳节俭，不可挥金如土的道理。"有时爱子女也会失去子女，使他们失落到穷困之中；爱孙子也会失去孙子，使他们走向堕落；爱兄弟姐妹也会失去他们，会因为放纵而使他们犯错误。"说明对亲人不能溺爱，爱是亲情的释放，方法不正确最终会铸成大错。

有些语句不能从字面上去直观理解。如："要经常打扫自己的旧居""不要使房屋的中柱歪斜"，是指无论做什么事都要注意检查自己的思想，看有没有罪恶的东西。要爱护、把握好自己的心境，不要让它离开正道。正如《论语·学而》所说的"吾日三省吾身"，一个人只有善于自省，才能长期立于不败之地。"要常想想自己睡过的摇篮"这句话很快让人想起"乌鸦反哺"的故事，感恩父母，不弃不离是中华民族的传统美德。"要与凤凰为伴"这句话生动形象，意为向智者求教，说明一个善于学习的民族在历史的进程中不断求知，能见贤思齐。当年孔子风餐露宿，行程千里，到洛阳拜老聃为师，佳话千古流传，在鲜为人知的贝叶经里同样蕴含着这个故事的意思。

## 古老的信仰引人向善

在宁静的傣家院子里，在野花飘香的林荫道上，我们随处可见步履缓慢的老人，他们心地善良，神态安详。傣族人民将佛教中的善恶观念融进自己的道德体系中，形成一种具有浓厚天意色彩、善恶有报的道德观念，并在这种道德观念的影响下，产生了人生的两个归宿：一是热闹繁华、丰衣足食、无忧无虑、令人神往的"勐历板"；

高僧诵贝叶经

二是盛满滚滚沸水,让灵魂万劫不复的"莫阿乃";三是专门惩治虐待父母、抢劫偷盗、伤天害理、屠杀生灵的人。因而,人们无限向往其乐无穷的"勐历板",无比惧怕残酷无情的"莫阿乃"。大家安其业,守其职,与人为善,团结互助,循规蹈矩,路不拾遗,夜不闭户。因此,贝叶经作为社会意识形态的反映,自然不可避免地宣扬佛教理念,而这些佛教理念的核心则是引人向善。

第一章 历史情横贯时空

## 关于民间规则的著作

民间规则的产生、发展与它特殊的社会形态是不可分开的。傣族民间规则作为一种文化现象，是傣族文化的有机组成部分。贝叶经里有专门记述或论述民间规则的篇章，如《阿瓦夯二十五种》上、下两篇，对偷盗的处理规定达二十五种，不论是戒内（僧人）还是戒外（俗人），一旦有违规则都会受到相应的处罚，只是处理方法不尽相同。上篇和下篇对照着写，简明清晰，一目了然，便于操作，对诸如偷盗钱财、偷拔他人苗种、酗酒伤人、畜生之间互伤等都有明确的规定。再如《朱腊波提》，同样是一本重要的有关民间规则的著作，它记述了充满智慧、善于断案的国王朱腊波提正确断案的大量案例，阐述了正确断案的各种规则。书中还对如何借债还债、如何寄存物品、如何寄养牲畜、如何做买卖等问题进行了解答，分明是一本指导断案和解决问题的工具书。

诵贝叶经

白腹锦鸡

规则是为满足社会的需要而产生的，是人类用以规范行为的共同准则。民间规则摆脱不了政治的影响，具有时代的局限性，根据社会发展的需要，时有增订、废除，种类繁复，而且在规则上犯意不一定有罪，犯刑才会有罪。根植于佛教的规则不但对犯罪事实进行惩处，而且对犯意也要进行惩戒，这种自律有利于防恶止恶，积极地奉行众善，能够导正人心，对社会有益。贝叶经的法律篇章通俗易懂，简明易行，在促进傣族地区社会规范、安宁和谐等方面发挥了积极的作用。

## 人是自然中最后的存在

当我们走进宽阔的田野，嗅闻稻花飘香的时候，贝叶经最根本的文化精髓会自然地印入脑海——人不但与自然界和睦相处，还与自然界平等相处。傣族人民按照自然法则来安排生活，对自然充满了感激、敬畏、爱护之情，从不轻易去伤害它们；人不能凭着私心把鸟捉来关在笼子里。历史久远的农耕文

化散发着红土地的幽香,从获得第一粒种子开始,农人情系土地,谱写了无数曲丰收的赞歌;世代躬耕劳作,付出辛勤的汗水,在富庶的土地上提炼了自身的生产技能。在长期的生产实践中,傣族通过与其所处的自然环境的相互调适,形成了依靠自然、尊重自然、遵循自然法则的农耕观念,具有

蓝喉拟啄木鸟

菲氏叶猴

深厚的自然农法思想。傣民族认为，"森林是父亲，大地是母亲，田地间谷子至高无上"。水与森林相连，田因水而存在，粮食与田相拥，人依靠粮食生存，森林与大山亲密，山与土地共存，世事万物相互依赖。自然有着密不可分的生态链，人类不能粗暴地掠夺自然，要以善良的行为获取自然的回报。上天既然创造了万物，它们就有其存在的合理性与价值。人虽然聪明，却是自然中最后的存在，奔腾的流水、巍峨的群山、广袤的大地以及一切活跃的动植物都与人关系平等。人不是自然的主宰者，仅是自然中的普通一员，不能为自然立法，而是自

第一章 历史情横贯时空

然为人立法。这种顺其自然的思想始终体现在农业生产中。那些美丽的画面会给你留下深刻的印象：妇女们肩挎竹篮，竹篮里放着小鸭子。干活的时候，小鸭子穿梭于稻禾间。傍晚，妇女们带上小鸭披着夕阳的余晖回家。动静相宜的画面，像是一首优美的田园诗，会长久地镶嵌在脑海里。所以说贝叶经渗透着绿色的文化和独特的精神理念，启迪智慧，拓展思维，自我修身。

❶ ❷ 芒市镇芒晃村的傣族少女

白腹锦鸡

## 映阶碧草话古迹

> 芒市民间古迹以佛教寺院居多，遍布城乡，尤其是傣族、德昂族村寨，寺院与金塔并立，构成一道道独特的风景线。

    芒市为多民族聚居地，各民族在宗教信仰上各具特色，属于多种宗教并存的地区。历史上各民族认为万物有灵，信奉原始宗教。大约在北宋年间，南传上座部佛教传入芒市；清朝后期，汉传佛教传入芒市；民国时期，基督教传入芒市；新中国成立前后伊斯兰教传入芒市。至此，境内形成三大宗教教派。全市宗教活动场所231个，其中，南传上座部佛教203个，汉传佛教8个，基督教19个，伊斯兰教1个。截至2005年，三大宗教信众为15.1万人，其中：南传上座部佛教13.8万人，汉传佛教5200人，基督教7650人。

    芒市民间古迹以佛教寺院居多，遍布城乡，尤其是傣族、德昂族村寨，寺院与金塔并立，构成一道道独特的风景线。

## 金塔、银塔交相辉映

　　金塔、银塔交相辉映，山水充满祥光瑞气。作为景点，能让游客开心地观光，留下难忘的印象；作为佛教建筑，具有别具一格的艺术风格，设计精美，气势宏大，堪称典范。到此一游，也许你会说点什么或想点什么。

壮观的佛塔

暮色中大金塔

"勐焕"是芒市的佛教地名，就是佛祖传教到这里天刚刚亮的意思。寓意一年之计在于春，一天之计在于晨，新的一天开始了，心里萌动着美好的希望。佛祖把至善的意愿留给黎民百姓，金塔、银塔不仅仅是地标性建筑，更是幸福吉祥的象征，一片和谐安宁的土地永远充盈着温暖的阳光。

勐焕大金塔位于芒市雷崖让山山顶。相传，释迦牟尼转世为

金鸡阿鸾曾到雷崖让山修行。释迦牟尼涅槃数百年后，他的弟子"召罕大"（阿罗汉）为传播佛教教义又亲临此地修行，为了让"召罕大"有个好的修行环境，周边的花儿、草儿、树木纷纷让道，所以就起名叫雷崖让山，意为野花野草荆棘都让开的地方。原雷崖让山佛塔毁于抗战期间，原潞西市勐焕大金塔毁于1966年。雷崖让山自古以来就是佛教圣地，为表示对佛祖的怀念和敬重，满足广大信众的要求，20世纪末恢复重建，定名为勐焕大金塔。投资5500万元，于2004年6月30日破土动工，2007年5月1日举行开光加冕大典。金塔高76米，塔基直径5米，共分4层，一层塑有释迦牟尼佛、药师、观音菩萨和弥勒，2层和3层展示着佛祖生平及所用器物和佛教壁画。2层、3层、4层的平台由群塔组成，最高点有一个重达2.3吨的大金顶。金塔周边花团锦簇，山青树葱，视野开阔，可以俯瞰整个芒市坝。

2010年后，在金塔的东南边修建了勐焕大银塔，高66米，整体略小于金塔。但勐焕大银塔所在位置略高于金塔所在位置20米，供奉着2012尊佛像，并安放舍利子于其中，是一座纯粹的南传上座部佛教佛塔。

## 圣鸟涅槃之地

孔雀王子金塔位于遮放坝坝尾，是南传上座部佛教的一个重要活动场所，金塔和寺院背靠巍峨的神山，面对悠悠流淌的陇川江。周围村寨星罗棋布，翠竹飘逸。此地被誉为风水宝地，当地人外出东南亚，常被对方合掌敬称：你们是最有福分的人。

小时候对涅槃有一种朦胧的心态，知道是消失的意思，但又觉得不太准确，后来明白是一种生命的升华，只是那种境界神奇邈远，解释起来费劲，与现实生活难以对接。直到访问了遮放的"榕树王国"才发现传说变得如此真实，涅槃启示人类并造福世人。

遮放的"榕树王国"靠近陇川江和芒市大河汇流处，那里叫洞尚允，地名为傣语，"尚"即"三"，"允"即城市，连起来就是三个城市的意思。有人认为这里是"三界"交汇的地方，是一个神秘的精神领域的分水岭。佛家来了，三界即为欲、色、无色；凡夫俗子来了，三界即为人、神、鬼。榕树王国隐藏着鲜为人知的故事，所以，走进洞尚允，可以凭个人的造诣产生不同的领悟。

多雨季节，洞尚允的阳光显得十分珍贵，草木拥抱夏日的光辉，纷纷展示自己的风采。最先映入游人眼帘的是葱茏叠嶂的榕树群。如果说黄山迎客松是一种国画的姿态，那这里的迎客榕则是一种战将的风采。数百棵古榕汇聚一堂，气宇轩昂、英武雄壮、士气滔滔，把每一个游客纳入绿色的怀抱。行进在榕树林里，鲜绿的叶片构建了空旷的大厦，湛蓝的天空隐隐约约，微风从林间划过，耳边传来神圣的菩提之音。最大的体会是感受到这个喧嚣的世界里永远镶嵌着一个宁静的国度，不论江湖如何折腾，亘古的定律不会紊乱。

沿着缓坡向上攀登，一座辉煌灿烂的佛塔闪现在眼前，这时才明白，榕树守护的就是久负盛名的孔雀王子金塔。寺院、佛塔和榕树三位一体，是整个景区的精华部分，环境干净、清净而清新。每年泼水节期间举行大规模佛事活动，来自东南亚的信徒与当地傣民族一同朝拜佛祖，场面极其宏大。

在邈远朦胧的时光隧道中，那个古老的故事隐匿于云海深

处，锁定在星光灿烂的太空上。

  当年的阿弄是神仙，他要转世五百代方能成佛，在转世为金孔雀的时候，就栖息在洞尚允这个地方，每天和同伴们在山坡上戏耍，阳光下一幅祥和美丽的景象。谁也想不到，厄运在无声无息地靠近。因为勐卯果占壁王国的王妃患有心脏病，巫师占卜后说要吃孔雀王子的心脏才能治愈。于是，一个叫莫牙利所的头人率领五百个弓弩手沿着瑞丽江而上，直奔洞尚允。经过数天的围猎，许多孔雀殒命于弓弩之下，莫牙利所依然找不到孔雀王子的身影。看到同伴们流血牺牲，孔雀王子愤怒至极，故意让猎人的暗箭射伤。弓弩手迫不及待地取出它的心脏，很快沿江而返，回去邀功领赏。目睹残忍的杀戮，孔雀王子的同伴们极度悲哀，在山坡发出凄凉的叫声。突然狂风大作、乌云漫卷，一声惊雷打在孔雀王子的遗体上，残骸即刻变成舍利子钻入土中。之后小山坡上长出

银塔

了许多小榕树，渐渐形成今天的榕树林。后来，为了纪念金孔雀，人们建起了孔雀王子金塔。该塔建于17世纪初叶，"文化大革命"期间被毁，1985年重建。建筑风格为笋塔造型，主塔高15米，周围有8座小塔。建塔之初周围有550棵榕树，佛塔屹立在郁郁葱葱的榕树王国里，形成耀眼的风景。傣语称此榕树群为"勐榕"，意为榕树的国家。榕树与佛塔相拥，人在山坡上漫步，会产生一种空灵而平静的感觉，好像抵达了一个宇宙的窗口，可以窥视和想象遥远的太空。相传，孔雀王子金塔与瑞丽的金熊塔、陇川的玉兔塔、盈江的金燕塔遥相呼应，是释迦牟尼转世为金孔雀、金熊、玉兔、金燕四代的舍利塔。孔雀最早为原始宗教文化，随着时间的推移，渐渐成为佛教文化的一部分，成为光明的象征、善良的化身和正义的力量。

当思绪返回现实世界的时候，你会忽然发觉那个古老的故事其实并不遥远，它一直就在我们身边。雷击遗骸就是一种涅槃，与凤凰涅

槃相同或者近似，但凤凰乃传说之物，本来就虚幻，其涅槃就更加高远空虚，只作为一种深邃的理念存在。这个凄美的故事虽有传奇的内容，但孔雀是现实之物，生命升华之后变成强大的绿色的力量，造福人间。那个叫莫牙利所的头人及其同伙和他们附庸的王朝早已灰飞烟灭，而故事却永远活在后人的心中。世人崇尚正义，憎恨邪恶，那么为什么还有很多人利欲熏心、阴险残暴？为什么正义生生不息，人间浩气长存？答案在圣鸟涅槃的地方，在榕树王国里。

　　离开洞尚允，优美宁静的景区渐去渐远，耳边回响起菩提之语：佛家崇善、俗家积德，人生在世就应该凭自己的能力造福苍生。"为人民服务"不是佛语，但内涵深远，具有相同的主旨。

遮放洞尚允石像

芒市菩提寺

## 菩提寺盛名远扬

　　芒市菩提寺不论是其建筑风格、朝拜规模，还是文化积淀都具有不可低估的历史地位。抵达菩提寺，人还没进门，就能聆听到空灵的菩提之声，感受到心灵的宁静。菩提寺已被列为云南省重点文物保护单位。

　　菩提寺位于芒市城中心地带。佛寺在南传上座部佛教中称奘房，是佛教徒出家修行的地方，也是住持传经布道的场所。菩提寺里最显著的位置供奉着佛像，正中的是释迦牟尼佛，两旁是男神"违从属"和女神"洼沙塔列"。南侧偏厦内端坐着观音菩萨，手执净瓶，仪态万方。该寺始建于清康熙十六年（1677年），至今有340多年历史。据说，当时的芒市长官司的长子舍弃官位，皈依佛门，修建此寺。因寺前有一棵菩提树，故名菩提寺，傣语称"奘

相",意为"宝石寺"。寺院占地360平方米,具有四大亮点:一是建筑风格特别,集傣式、汉式、梵式建筑风格于一体,层楼叠阁,斗拱飞檐,在中国建筑艺术中堪称一朵奇葩。二是藏经较多,储存着许多傣族不同时期的艺术珍品,除大量的剪纸和壁画之外,还有很多内容浩瀚的万卷经书。其中,贝叶经存量不少,保存较为完整,是承载佛教文化的重要场所,早已成为著名的佛寺。三是盛事难忘,记忆犹新。1956年北京广济寺供奉的佛牙曾经送到这里举行过朝拜活动,一个月之内,中外香客多达24万人,菩提寺在缅甸等东南亚各国中名声大噪。1985年泰国王姐干拉雅尼·瓦塔娜公主到芒市观光,第一项活动就是到菩提寺拜佛。数百年来,中缅两国的僧侣时常到这里取经念佛,相互交流。四是这里曾经出过一位高僧,法名静修,他是芒市土司加封的"御封佛爷",是土司在佛教界的代理人,总理全司佛教事务。此人有很深的佛学修养,精通经书,翻译了大量的佛教文献,曾出访缅甸等东南亚国家,为促进中外佛学交流做出了应有的贡献。

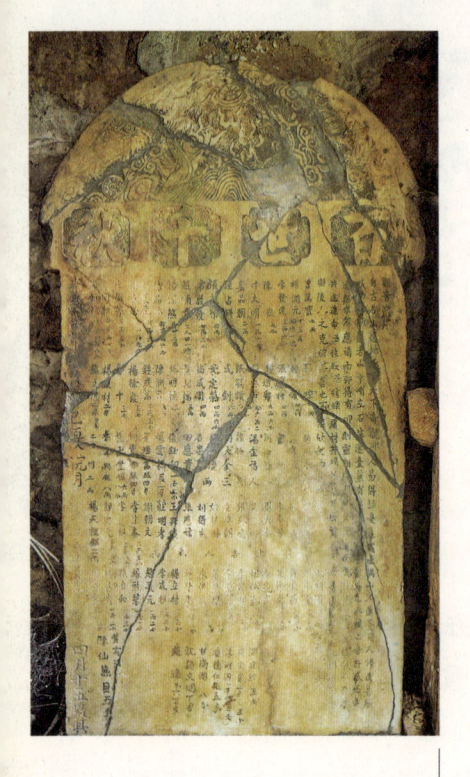

## 五云寺白鹭若云

　　五云寺古榕参天，胡须垂然，数百年栉风沐雨，主干遒劲苍老，岁岁萌发新枝嫩叶，夕阳收起最后的光芒，白鹭栖息于此，此处是佛教圣地，透出诗画的意境。

　　五云寺与菩提寺毗邻，傣语"奘罕"，意为金寺。"奘罕"是五云寺的前身，位于法帕。有匾记载：五云寺建于清康熙四年（1665年），相传是芒市始建的第一座佛寺，道光二年（1822年）迁至此处。因建寺时，寺门前有五棵大榕树，树下有一个清澈甘甜的水井，树上常年有白鹭飞来栖息，远远望去就像五朵白云，故称五云寺。寺内供奉着由泰国高僧左密灭带给芒市的第一尊铜佛像——帕拉过勐。抗日战争期间，佛寺和金殿毁于战火，中华人民共和国成立后重建。寺院旁还建了一座宝塔，宝塔由八个小塔连着主塔，每个小塔里都有佛像。相传，寺里曾使用一口乾隆时期铸造的大铜锅，煮一次饭，可以供上百人食用。

## 观音岩印象

　　沿着青石板拾级而上，能吃到美味的野果，品尝自然的纯真，感受佛界的超然。驻足粗壮茂盛的桂花树下，追忆前朝古事，猜想桂花树的流年心事。

　　观音岩地处勐戛古镇南面大山深处，树木密集，奇石斜立，雄伟的石岩与幽静的寺庙浑然一体，相拥而立，置身此处，远离凡尘杂念。观音岩有两百多年历史。据

残碑

说，当年有一姓赵的人家在此种地，常年躬耕不辍而收获甚微，倍感日子艰辛。一日他看到岩石条纹有莲花状，猜想这里是菩萨小憩之地，于是面对石岩祈祷：我终年累死累活，依然食不饱肚，祈求菩萨显灵，让我来年有一个好收成，如能实现，我将在这里建一所寺院。翌年，赵氏如愿以偿，遂兑现自己的诺言，在岩石下建盖了庙宇，正式供奉观世音菩萨。之后若干年，观音岩香火不断，名声日渐增大，庙会期间，来自方圆百里，远至缅甸腊戌等地，朝拜者络绎不绝，人气十足，香火旺盛，

❶❷ 勐戛观音岩

第一章 历史情横贯时空

033

经久不衰。

走进院子能看到一块巨大的方形石雕，神龙腾跃，遒劲呈祥，颇有气势。从工艺上看，技法精湛，线条优美，说明雕刻工匠颇有造诣，浮雕有一定的艺术价值和历史价值。寺庙绿草萋萋，怪石嶙峋，翘首仰视，巨崖森然，令人肃然。寺院正堂紧扣岩石，有一天然佛龛，仪态端庄、容貌慈祥的观世音端坐其中。寺庙里还供奉着一个铜身观音佛像，高一尺许。信众讲述着一个真实的故事：铜像曾被人盗走，结果盗窃者受尽磨难，无法忍受，最后带着极大的负罪感，悄悄将佛像送回观音岩。铜像重归寺院，观音岩更是充满神奇的色彩。如今的观音岩，自然生态与历史遗迹保护极好，交通便捷，寺内设施齐备，可容纳200—300人。

观音岩下方有一棵硕大的榕树，其形状和叶片与常见的榕树不尽相同，主干和枝条不弯曲，整体向上，树皮光洁无皱纹，颜色介于红黄之间；叶片厚实深绿，稍长；其果实可食，味道酸甜。寺院旁边，几棵皂荚树粗壮高大，为常年生高大落叶乔木，属豆科皂荚属，是皂荚之变种，此种皂荚树除贵州有零星分布外，只产于云南，主要生于海拔1000—2500米的山坡疏林或路边村旁，5月开始开花，至10月时果熟。皂荚树每年硕果累累，果实口感细腻、润滑，含有一定的三萜皂角苷等天然活性剂，早年当地人用来洗衣服和头发，有柔发、亮发的作用。据《本草纲目》记载：皂荚壳治瘰疬及疮癣、老人中风后便秘等，具有活血祛痰、开窍等功能。寺院门口有一棵老气十足的桂花树，看上去颇有些年代，花树深深扎进土地里，吸纳了灵山秀水的精华，老而不衰，显示出蓬勃的生机。金秋时节，绿叶青翠欲滴，桂花淡淡清香，米粒大小的花朵，星星点点，镶嵌在树枝上，秋风吹过，桂花带着香味，飘落在香客或是普通游客的脸上。

中国观音岩起源较早，《旧唐书》有摩崖画像的记载：大批官兵从京城出发，路过蜀道上的广元，部队站在嘉陵江边，眼望江水滔滔，剑门山巍峨雄壮，心生恐惧，自然想起救苦救难的观世音菩萨。于是就在石崖上画起观音像跪拜，祈求保佑，跪拜良久方才离去。可是观世音并没有保佑他们打胜仗，其结果是"死者不可胜数"。逃回来的士兵再次路过此地，又引起一番悲伤。他们认为，上次路过拜观音菩萨不虔诚，所以才吃败仗，这次要认真雕刻观音像。于是请来石工，合理规划，精雕细刻，很快便刻出一排排整齐的观音像。勐戛观音岩的产生虽没有摩崖画像的说法，但赵氏的意念产生于石崖的莲花状，其意相似，同是面崖祈佛求福的心态。

## 尹帕寺的由来

尹帕寺坐落在芒市西北面的高山之巅，建于何时待考，"文革"期间被毁，1986年重建，占地3亩。一个叫河头村的寨子有千余户人家，在袅袅的炊烟中陪衬着古庙走过漫长的岁月。2022年再次重建，雕梁画栋，气势恢宏，面貌焕然一新。

尹帕寺供奉着的是一位历史上的女中豪杰，与敌人战斗到最后，寡不敌众，壮烈牺牲。寺庙的由来可在史籍中查找到一部分，民国时期编写的《龙陵县志》记载："尹帕，夷长之女也。夷称官女谓之"尹"，又城垣亦谓之"尹"。帕，姓也。盖

尹帕寺一角

取城中之官之女之意也。昔夷长为敌所破，女率众力战，杀敌无数。后敌援四至，女走芒市黄草岭，敌骤围之，势迫甚，遂倚树饮刃自刺，刃穿胸，僵立不仆，贼即散。后人至此遇阴雾，即见夷妆女子旗帜拥护立树下，河头村练民立祠祀之。每遇野匪至前数日，夜中必闻联珠炮声，练民因闻声预备，贼不敢近。官民以御灾捍难有功边徼，故祀之。"

除《龙陵县志》记载外，尹帕寺的故事在民间广泛流传，尤其是德昂族村寨，上了年纪的德昂族老人大多能讲述。他们认为女将是德昂族，武艺高强，作战英勇，坚贞不屈，死得非常有气节。德昂族称大女儿为"也帕"，文中写作"尹帕"；德昂语和傣语也称城垣为"尹"（多数文献写作"允"）。所以，"帕"不是女神的姓，而是长女的称谓。"尹帕"即"也帕"，意为城市官家大女儿。

宋朝时期，德昂族建立了金齿国，一度强盛。元朝建立后金齿国走向衰落，德昂族失去了统治地位，沦为被统治者，长期生活在强权政治的夹缝中。《龙陵县志》对尹帕寺史事的起因和时间无记述，粗略估计，尹帕寺的故事大约是发生在元朝之后。为了抵制外来的欺压和剥削，一个叫尹帕的女性奋起反抗，至死不渝。她牺牲的地方位于芒市坝西北方向的江东山下部，20世纪50年代，古战场还保留着一口洗马井，防御工事依稀可见。随着时间的推移，遗迹已消失殆尽。

相传，女将阵亡之地时常有灵异之事，神奇诡异，匪夷所思，早年，古战场建有用来祭祀的供花台，女将渐渐成为村寨的保护神。

到民国时期，河头村民筹资在村子里建盖了庙宇，命名尹帕寺。正堂有女神塑像，匠人的写实手法表现出较高的艺术水准，雕塑形象逼真，动感十足，柔性中透出刚毅果断的神态。除女神外，还塑有观世音菩萨和财神。外厅矗立着两个采马郎军和两匹战马，大有整装待命的气势。寺庙竣工后村民将女神迁入庙宇供奉，何年搬迁不详，具体搬迁时间为正月十七。每年的这一天开始赶庙会，历时三天，届时人们趋之若鹜，庙堂内外人头攒动，嘘嘘嚷嚷，极为热闹。

旧时，江东匪患严重，老百姓生命财产得不到安全保障，安危寄

托于神灵。认为寺庙建成后女神更加护民佑民，消灾灭难。据说，有一年土匪冲进河头村抢劫，纵火焚烧民房。女神站在山梁上，用裙子扇了几下大火就熄灭了。村民一呼百应，乘势而上，迅速逮住匪徒，砍下他们的头颅丢到深沟里。后来，那条沟壑被当地人称为"滚人头洼"。

尹帕寺香烟流年，香火旺盛，讲述着悠悠历史往事。

尹帕寺

## 树包塔即爱情塔

岩吞和罕伦的故事与爱情塔碑文记载的时间和事件大体相符，追忆遥远年代，英雄与美人依然鲜活真实，仿佛从云端中翩翩走来。现在的菩提树早已高过了佛塔，把佛塔纳入了自己的怀抱，塔恋树，树恋塔，塔树早已融为一体，成为云南名胜景点之一。

烟雨朦胧、缅桂飘香的边城芒市有一座爱情塔永远散发着历史的芬芳。树包塔也称爱情塔，位于芒市步行街中段，傣语称"广母姐列"，意为铁城塔。据傣族史料记载：此塔建于清乾隆五十三年（1788年），芒市十七世土司放愈著为纪念一场胜利的战争而修建。佛塔由砖石砌成，高十余米，呈八角形，神龛内摆放着佛像，已有两百多年历史。在民间，更多的人则称其为爱情塔，源于发生在清朝年间的一个悲伤故事。当年有个叫罕伦的傣族姑娘出生在姐勒寨，进入青春妙龄的年纪，婀娜多姿的身材胜过飘逸的凤尾竹，羞花闭月的面容能让铁树开花。芒杏寨子的岩吞是个英勇善战的小伙子，在保卫边关的战斗中立下赫赫战功，备受世人称赞。在风清月明的夜晚，岩吞的葫芦丝声打动了罕伦的芳心，两人相爱在荷花池边。不久，外敌入侵，战争再次爆发，边关狼烟四起，岩吞奉命带兵出征。临行时岩吞与罕伦在荷花池告别，相约征战归来就结婚。想不到岩吞出征后，皇帝选美选中了罕伦，罕伦忧虑万分，用榕树叶写了一封书信让鹦鹉捎去给在边关征战的岩吞。可是久久不见岩吞归来，罕伦站立在荷花池边，遥望远方，忧心如焚。等岩吞回到家乡的时候，罕伦已经殉情荷花池，村民正在给她举行葬礼。岩吞见心爱的人已离开了人世，顿时伤心绝望，拔刀自刎，英魂追随远去的香魂，相爱在高远神奇的天堂里。人们被岩吞和罕伦的忠贞爱情感动，就将他们合葬，并在坟上建了一座爱情塔。为他们送信的鹦鹉也十分惋惜和忧伤，特意衔来一粒榕树种子播在塔缝里。一棵榕树树种就这样发芽生长。随着时间的推移，树越长越高，塔与树形成了共生的局面。一对恋人的幸福破灭了，他们把爱的永恒留给后人。

# 傣族象文化解读

芒市是一片古老而神奇的土地，作为陆地上最大的动物——大象，在这里留下过诸多鲜为人知的辉煌。瞭望历史的星空，"滇越乘象国"神韵会浮现在今人的视野里，象阵惊魂，雄风漫卷，大地震撼。

漫长的岁月经历了无数次更迭，傣族的象文化以不同的形式，从始至终在传承，并形成与中原文化迥异的特质文化。

## 驯象养象　负重耕作

唐人樊绰《云南志》载："茫蛮部落……孔雀巢人家树上，象大如水牛。土俗养象以耕田，仍烧其粪。"这充分说明很早以前在生产生活方面傣族人民与大象的密切关系。

芒市温暖的热带丛林是大象生长的乐园，古人和古象就已经是朋友。在古人的眼里，象不是粗犷野蛮的巨兽，而是劳作的得力助手，是亲密的伙伴。

象栖息于多种生态环境，尤喜丛林、草原和河谷地带。芒市青山绵延，大地广袤，亚热带雨林气候积累了丰厚的自然条件，丛林茂密，翠竹繁盛，万物竞生，是天然的植物王国，这里自古就是大象的故乡。随着考古学的迅速发展,各种象化石不断被发掘并公布于世,许多珍贵资料证实了早在距今百万年前,傣族先民居住的云南热带丛林便是大象生息、繁衍的地区之一。傣族先民的百越族群在远古时就与象结下了不解之缘,长期与象和睦相处,成为好朋友。土地是象的乐园,丛林中有象群。为改进落后的生产方法,当地傣族曾经有意识地对大象等动物进行驯化。"象自蹈土,鸟自食萍,土蕨草尽,若耕田状,壤靡泥易,人随种之",这就是史书上说的"土俗养象以耕田"的情形。优越的自然环境,和谐的人象关系,有利于大象的生存和发展,并且象为人耕作,负重运载,人们对它的驯养就会更加重视。傣族的"象奴",从前又被称作"象蛮子",平时饲养照料大象,关怀备至,所以,大象只听从他们的指挥。傣族有文身的习俗,而"象奴"的双腿都刺满了青色花纹,故称"青腿象奴"。明太祖朱元璋有一次给云南的官员下批文,提到需要驯象若干头,就特别注明必须配备相应数量的"青腿象奴"。历代汉文古籍有许多关于傣族地区盛产大象的记载。先秦古籍《竹书纪年》载"越王使公师偶来献……犀牛角、象牙",说

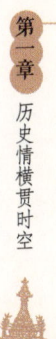

芒市勐巴娜西珍奇园
大象石雕

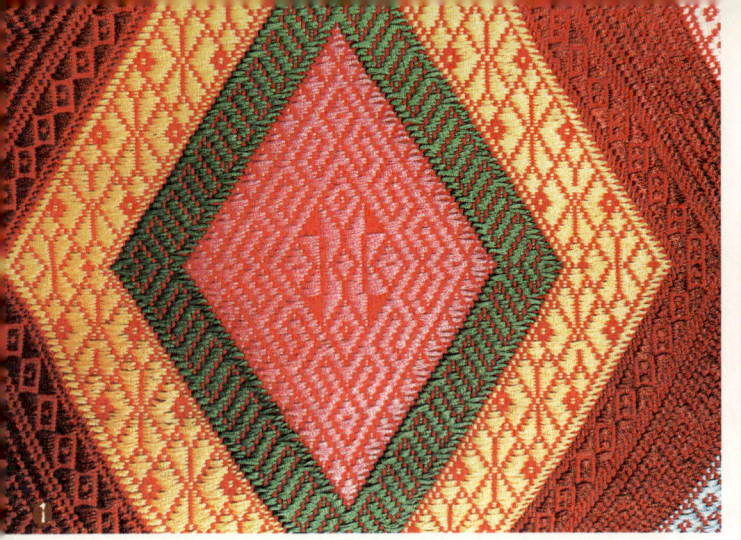

明自秦汉以来，傣族先民便常以象和象牙进贡中原王朝。到了元、明时期，贡象之事则更为频繁。据《明史》和《明实录》载：洪武、永乐时期，仅从车里、景东、麓川、干崖、芒市等地进贡的象便有80余头，朱元璋为此专门设立了驯象所统一管理。傣族地区大象之多，由此可见一斑。生活在这样的环境中，象不可能不对傣民族产生强烈的影响。

## 无声与有声

傣族村庄多有大象的壁画，家里摆设有各种象工艺品，水井旁有象雕塑……总之，象崇拜渗透傣族社会生活的各个领域。

壁画、雕塑、织锦等成为无声而精美的艺术。造型艺术独特的象壁画，将宗教信仰与审美意识紧密结合，具有较高的科研价值和

世界最大规模的傣族象脚鼓舞蹈申报仪式

审美价值。颇负盛名的原始象壁画有《镇天定地神象》《象首人身神象》和《象首鸟身神象》等。遗憾的是由于年代久远，再加上风雨侵蚀或战争的毁损，有的珍品已消失，幸存的也难以寻见。中世纪以后的象壁画多取材于故事传说中的家象、战争中的战象，凝练了现实生活，演绎了战争场面，手法细腻，形象生动，让许多壮丽神奇的情景留存在人们的脑海里，深受民间喜爱。近代象壁画在技法上有很大改进，但其文物价值却不如前者。然而，它延伸着象文化的历史脉络。

在光灿耀眼的傣族织锦中，象图案最为常见，故而有象织锦之称。傣族古歌唱道："穿百兽衣，跳百兽舞。"并非全指上古时代的天然服饰，更多的则是指发明纺织技术后以鸟兽图案作为点缀的衣饰。随着时光的推移，古代的动物图腾意识逐渐深化和丰富，或者说是图腾意识发生了转换，所以，鸟兽

图案成为一种精美的文化元素，反映了人们别致的审美情趣。尤其是佛教的传入，给象文化注入了新的内容。如《百象朝佛》就是带有浓厚佛教色彩的织锦图案，图案由马和象组成，构图均匀，色彩协调，神态生动，浩浩荡荡奔向佛地。每头象都仿佛在甩着长鼻赶路，而马也生怕误了时间，一路小跑，紧跟大象。既赞美了象马的勤劳，又表达了人对佛的虔诚。

民间与象有关的艺术品还有很多，如象雕刻、象雕塑、象陶器、象建筑等等，伴随着傣民族走过了漫长的历史，作为一种特质文化无不投射在人们的心理上和社会习俗中。同时，不断地与傣族人宗教信仰发生互动，适应和兴盛于各个历史阶段，并被当代文明所吸收、利用，融汇于当代文明之中。也正因为如此，优秀的民族文化才世代相传。

深受群众喜爱也最为普及的象音乐是有声而古老的艺术。沿着傣乡源远流长的音乐长河，我们可以找寻到象音乐的原始形态。远古的热带丛林里举行过许许多多的祭象活动，主持人的祭词渐渐具有一种悦耳的节拍。于是，一种美好的音乐萌动了，这就是象音乐的起源。之后，佛教的传入，象音乐又对其加以利用和发展，使象音乐日趋完善，真正成为傣族民间音乐。每逢重大喜庆节日，竹林深处总会响起隆隆的鼓声，循着声音找去，我们会看见一种形似象脚的打击乐器，那就是象音乐的代表乐器——象脚鼓。象脚鼓是傣族古老的民族乐器，明朝钱古训写的《百夷传》载：傣族"以羊皮为三、五长鼓，以手拍之"。这里所说的"三、五长鼓"指的就是象脚鼓。

随着岁月的更迭，象脚鼓的形状发生了一些变化。现今，傣家人制作的象脚鼓，鼓身细长，鼓面多用羊皮制成。鼓身用轻质木材，完整的一段圆木挖空树心而成。整个鼓身涂上鲜艳的色彩，并用孔雀翎毛装饰，大气、庄重而美观。黄色或其他颜色的彩带系在鼓身上，击鼓人左肩挂鼓，夹鼓于左肋下，双手拍击鼓面。击鼓前先用糯米饭滋润鼓面，使鼓声雄浑轰鸣，悦耳动听。

与象脚鼓相匹配的有专门的象脚鼓舞。在傣家人的心目中，百兽中的大象和百鸟中的孔雀都是吉祥幸福的象征。因此，每当象脚鼓敲响之时，男女老少都会欢快地跳起舞来。象脚鼓舞是傣族民间文化的灵魂，是流传最广、最具民族特色的一种群众性舞蹈。2008年，象脚鼓舞被国务院列入第二批国家级非物质文化遗产保护名录。象脚鼓舞因表演者身挎象脚鼓起舞而得名，表演者多为男子。气氛热烈的节日里，击鼓人是整个舞蹈的组织者和指挥者，边敲鼓边舞蹈，分别用拳、掌、指有节奏地打击鼓面，鼓声时紧时慢，双脚有力地向前迈动，模仿大象在森林中踱步。舞者腰、腹、臀部随着膝部的起伏前后晃动。跳法有独舞、对舞、群舞等形式。长象脚鼓舞动作不多，以打法变化多、鼓点丰富见长，有手打、掌打、拳打、肘打，甚至脚打、头打，多为一人表演。哪里有傣家，哪里就有隆隆的象脚鼓声，鼓声穿越竹林，维系着傣族人精神的乐园。

## 大象拴在地名上

大象拴在地名上，成为永恒的记忆，那些鲜活的故事有不同的版本。

芒市坝腊掌村的故事就十分鲜活。腊掌，意为"拴象桩"。据说，古代的果朗河沿岸有个傣族国家，国王叫果朗王。他经常骑着大象到芒蚌温泉沐浴，沐浴时就把大象拴在附近的林子里。大象烦躁不安，经常挣脱缰链，践踏田里的庄稼，等国王沐完浴回宫时，它又变得非常温顺。侍从们拿它没办法，禀告国王，国王只是听之任之。后来，百姓的埋怨之声传到国王的耳朵里，他也只是叫侍从们管理好大象。一天夜里，国王做了个奇怪的梦，梦见一个召摩（算命神汉）对他说，在果朗河源头的水潭里有根神桩，把它搬到温泉附近立起来拴大象，不仅大象安静，而且还能保一方平安富饶。次日一早，果朗王就派人去寻找，果然在水潭里发现一根粗如小桶，一头略尖的石桩。于是，国王就按照召摩说的去做。从此，拴在石桩上的大象变得安静乖顺，果朗河沿岸也不再出现旱涝灾情，年年五谷丰登。之后，越来越多的人搬到拴象桩周围居住，逐渐形成村落，村子就定名为"腊掌"。故事世代流传，黝黑粗大的神桩沐雨栉风，历经人间无数更迭，依然矗立在村子中央。抚摸拴象桩，当年悠闲自在、风流倜傥的果朗王仿佛浮现在眼前。虽然只是一个地名，但它以口承文学的方式记录了古代人与大象的密切关系。盘点这些象地名，我们可以领略古代"滇越乘象国"的风韵。

## 大象是战争的劲旅

芒市之地发生过象战，周边地区也发生过象战，如明正统六年

（1441年），王骥率兵征讨麓川，在今陇川马鞍山一带展开了一场殊死的人象之战。

古代，大象是傣族先民的战争利器，象队的多少显示着军事力量的强弱。战争中，两军对阵，象队一马当先，猛烈进攻，象阵成为傣族古代著名的兵法。遥想清朝末年芒市坝海罕起义，威武的战象在坝子里布成象阵，战争开始后，象脚踏出一条条血路，染血的长鼻在风中飞舞。那些令人心惊胆战的场面，傣族英雄史诗《厘俸》一书中有专门的描述。在傣族古代社会中，有专门统领象兵的高级军事将领，傣语称作"召闷掌"，意为"指挥万众象兵之王"，类似于封建中央朝廷的"大司马"。历史上，大象频繁在战争中出现。

战象就自身而言没有任何阶级性，无论它代表的是正方还是反方，我们都应该赞颂它的忠诚和勇敢。岁月流逝，沉静的土地埋葬着人类的英雄，也同样埋葬着被称为英雄的战象。

古滇越傣族先民，与象形影相随。从饲养开始，大象被逐渐用来乘骑、负重运载、耕地直至战争，人象朝夕相伴，为象文化的形成和发展提供了前提条件。悠悠历史长河，荡漾着民族韵味十足的文化现象。

腊掌拴象石

# 目瑙示栋上的千山万水

景颇族是一个迁徙的民族，曾经抵达青藏高原，之后跋涉千山万水，经历兵燹灾害，最终在美丽的德宏繁衍生息，成为云南边疆建设的参与者和见证者。曲折坎坷的迁徙经历孕育了景颇族奔放豁达、剽悍勇猛、真挚善良的民族性格。

有一种舞蹈让大地传情，日月动心；有一种舞蹈对接远古文明，刷新历史记忆。只要你参加一次，心灵深处就会刻写激情的片段，那就是景颇族的"目瑙纵歌"。

## 传承祖先的英武精神

景颇族的创世史诗《目瑙斋瓦》与其说是写出来或是唱出来的，不如说是走出来的。全诗二千多行，以独有的思维和排山倒海的气势谋篇布局，脚步所到之处，山河驯服，日月动心，示栋的整体形状和一切标示都是史诗的符号。

"目瑙纵歌"意为"大家一起来跳舞"，因其舞蹈形式独特、舞步动作易学、队形变化无穷、参与人数众多，又被称作"天堂之舞""万人之舞"，展现了景颇族积极向上、团结进取的精神风貌。

这是一种大型的祭祀活动，纪念创世英雄宁贯瓦，回溯景颇先民跋山涉水的艰辛历程。一个迁徙的民族，用自己的壮歌展示历史，颂扬时代。每年的正月十五、十六日，为一年一度的"目瑙纵歌"盛会。届时人们身着盛装从四面八方汇集于目瑙纵歌广场，在木鼓、铓锣、笙管、礼乐的伴奏声中，舞队排成两条长龙，刀光闪闪，彩帕飞舞，扇子抖动，银泡作响，璀璨夺目，气势恢宏。舞队在"瑙双"（领舞者）的带领下步入舞场，踏着欢愉铿锵的鼓点，和着景颇族乐器演奏的旋律纵情欢跳。舞蹈开始后，人会越跳越多，形成几万人的庞大阵容。但是队形蜿蜒摆动，变而不乱，时而分道行进，形如游龙；时而首尾呼应，吼声如雷，展示出景颇族勇敢无畏、乐观进取的民族精神和集体主义精神，也体现了边疆民族团结、和睦共处的良好

目瑙纵歌

芒市 2011 年目瑙纵歌现场

精神风貌。

"目瑙示栋"既是目瑙纵歌广场的大型标志，也是景颇族的重要标志。示栋多由四块长方形的木柱并排矗立在台子上面，中间两根较长为雄柱，顶端绘有太阳图案；边上两根作为雌柱，绘有月亮和星星，有雌雄共存、阴阳和谐之意。日、月、星辰之下绘有更多的图案，曲线图案、菱形图案、蕨菜图案等，此外还有犀鸟和孔雀以及牛、马、猪、鸡图案等等。两根雄柱之间长剑交叉斜立，各种图案组成苍天大地的画面：一是讲述着族人的历史，这个民族曾经历尽艰辛，长途跋涉，冲破千难万险，从北方的宝鸡一带到风雪弥漫的青藏高原，再到今天的中缅边界，是一段遥远的距离。他们不懈地追逐太阳，脚步留在无数江河大地上。战争、流血、饥饿、劳累无时不在威胁着每个人，但是只有一往无前才有生存的希望。族人紧握手中的长刀，斩妖除魔，踏平荆棘，在逆境中求得生存空间。艰难困苦是一个人的财富，也是一个民族的财富，跋山涉水、风刀霜剑的历史锻造了景颇族刚强豪迈的性格。二是形象地诠释了民以食为天的理念，向往一个叫"文邦圣亚"的地方，景颇族希望过上平等、和谐、富足、快乐的生活，这也是长期迁徙的动力。今天，"太阳之子"终于沐浴着盛世的阳光，与各兄弟民族携手共进，开启幸福的航程。当音乐响起、舞步浩荡的时刻，示栋似乎更加伟岸雄壮，再现风起云涌、波澜壮阔的史页。目瑙示栋上铺排着千山万水，后世传承着祖先的英武精神。

## 现实与历史的对接

目瑙纵歌是源自天堂的舞蹈，是一种文化，在现实生活

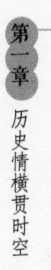

里处处有缩影。当人们再次思考这种独特文化的时候，又有了新的见解。

欣赏这些艳丽耀眼的画面，我们很快会想到现实生活中的景颇族人。目瑙示栋作为神圣的塔坊，其图案色彩源于景颇族生活中的各种色彩，艳丽夺目，光彩耀眼。景颇族小伙子头上戴着洁白的包头，包头一端装饰着红色的绣球，格外醒目。穿黑色圆领对襟上衣，裤短而宽大。肩上斜挂长刀和筒帕，筒帕编织精美，装饰精巧，阳光下银泡闪烁，整个人看上去干练帅气，透出一股英武、强壮的气息，也表现出粗犷豪放的性格。景颇族女子多穿黑色对襟或左衽短上衣，下着黑红相间的筒裙，用黑色布条缠腿。节日喜庆时，盛装的女子上衣都镶有很多大银泡，领上佩戴六七个银项圈和一串响铃式银链子，耳朵上戴一对很长的银耳环，手上戴着粗大且刻有花纹的银手镯作为装饰。行走舞动时，银饰叮当作响，别有一番韵味。许多景颇族女子还将藤圈涂上红色或黑色的漆围在腰间，用以装扮自己，她们认为谁的藤圈越多谁就越美，这可是一种独特的审美观。目瑙示栋的造型就是几把直立的长剑，因景颇族男子一生与长刀形影不离。示栋色彩与现实生活密切相连，相映成趣，成为整个公共空间的装饰元素。因此，我们可以看到，目瑙示栋的装饰风格与民族风情是分不开的。

现实的舞蹈连着一个久远的故事，站在目瑙示栋的塔基上，可以瞭望祖先的身影、先辈的智慧和愿望。先辈的英雄创举永远铭记在后人的心里。关于目瑙纵歌的传说较多，其中一个版本流传较为普遍。据说，当年有九个太阳，不分昼夜地炙烤大地，河流干枯，石头被晒炸，世间万物面临死亡的威胁。于是，人类和鸟兽共商对策，公推百鸟到太阳宫去求太阳神。百鸟带着金银财宝飞抵太阳宫，请求太阳神每天只出一个太阳，并分出白天和黑夜。百鸟有幸参加了太阳宫里太阳神举行的"目瑙"，并以优美的舞姿和歌喉博得太阳神的欢心，太阳神欣然答应了百鸟的请求，将九个太阳减去八个，只剩下如今的一个。百鸟返回大地

天下第一大舞——景颇族目瑙纵歌

时，见一棵黄果树上结满了香甜的果子，它们一时兴奋，便仿照太阳神的子女，在吃果子之前，聚集在一起推选孔雀做"瑙双"（即领跳者），在黄果树上欢快地跳起了"鸟目瑙"。宁贯杜是景颇族中神通广大的创世英雄，他当时发现了百鸟舞蹈的场面，便情不自禁地模仿着跳起来。不久，宁贯杜在木拽省腊崩（景颇族的发祥地）日月祖宗山脚下，用手指画出平坦宽阔的"祥信央坝"作为目瑙纵歌舞场，举行了人间第一次目瑙纵歌盛会。关于目瑙纵歌的起源，盈江景颇族青年收藏家何腊近年来收藏了大量的景颇族历史文物，有些文

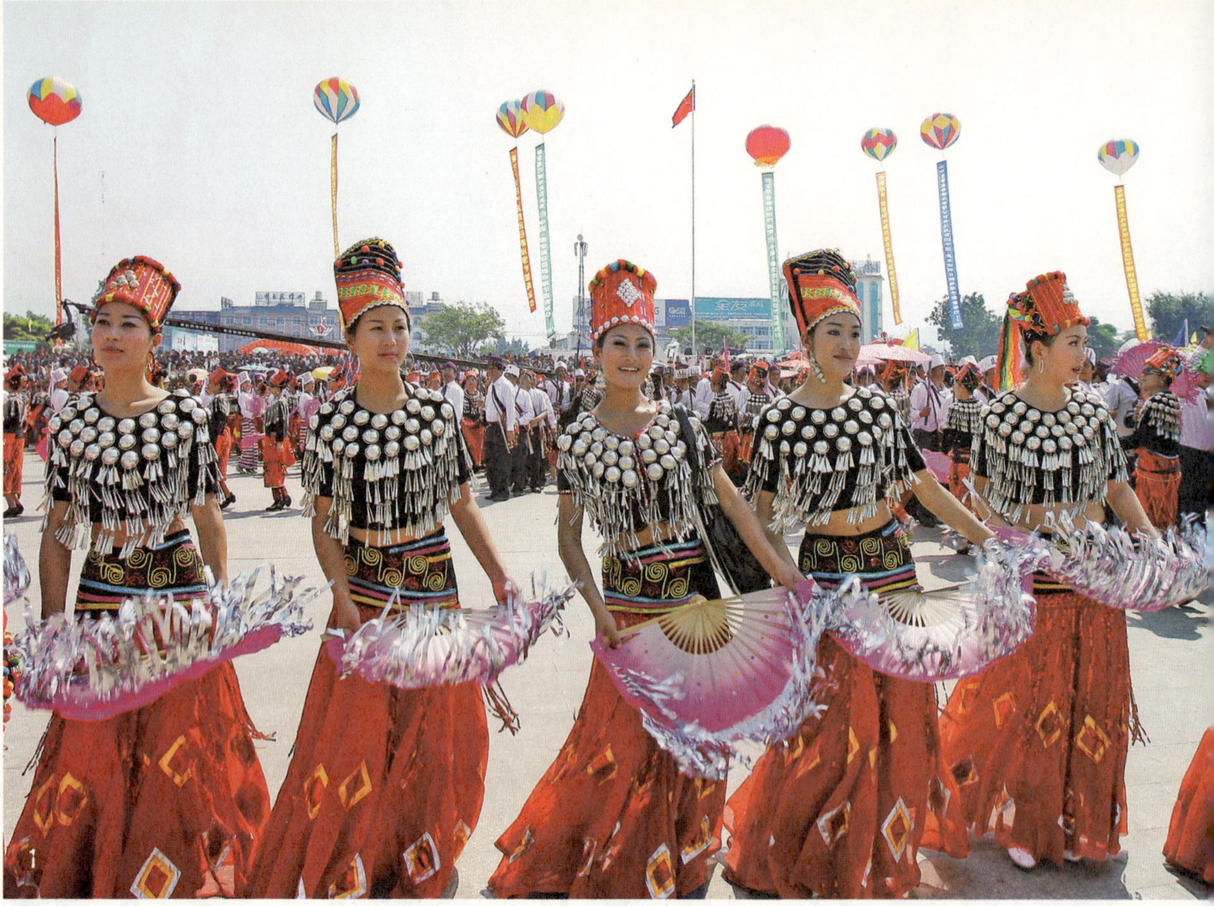
1

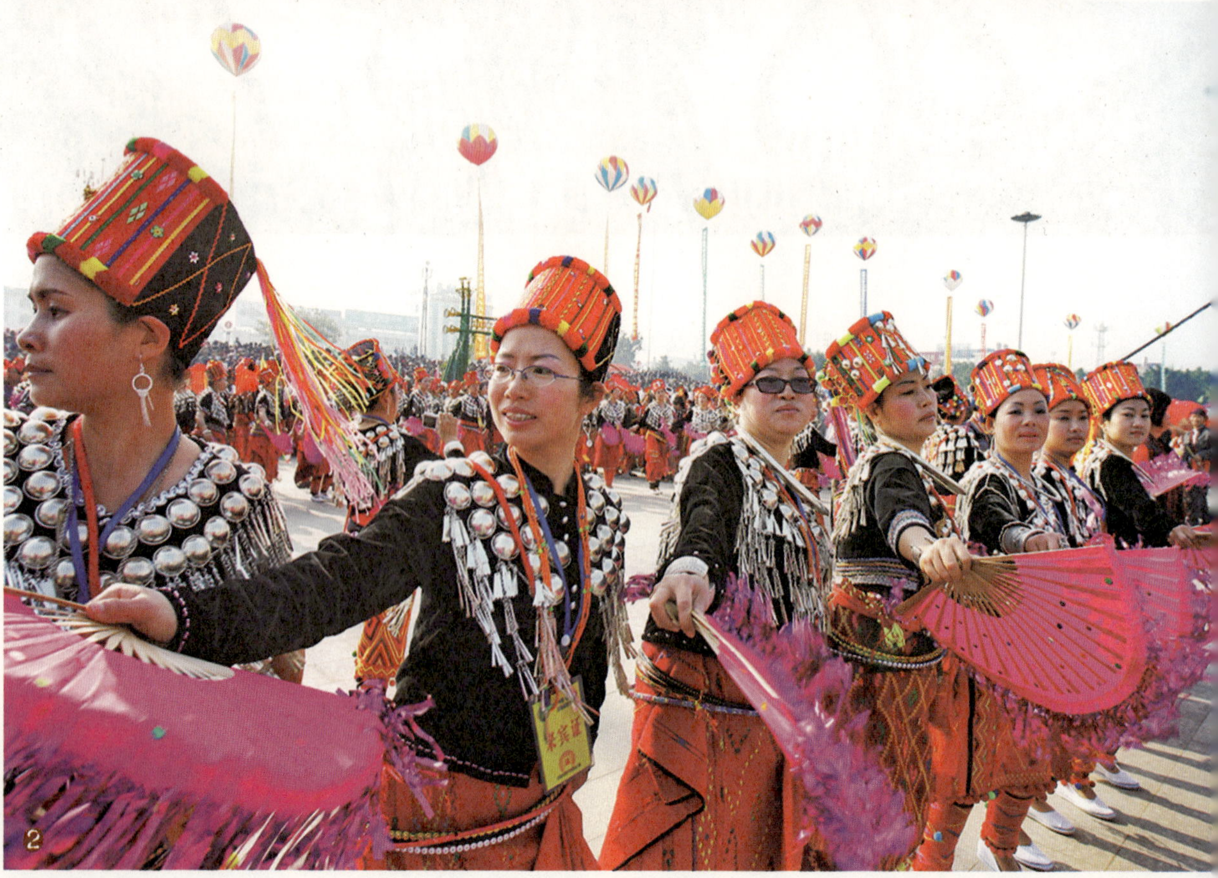
2

物属孤品或绝品，极为珍贵。他针对实物，反复佐证本民族的历史文化，对目瑙纵歌的来源提出新的见解，认为这是一种古老的排兵布阵的形状，在历史长河中演绎成一种宏大的舞蹈。听了此话后，再仔细琢磨目瑙纵歌的舞蹈场面和舞蹈形状，笔者觉得此言颇有道理，这是一个值得进一步探索的话题。

  目瑙纵歌是一种传统舞蹈，是景颇族的历史缩影，曾经的困苦磨难，曾经的艰辛曲折，饱含多少心酸，可谓刻骨铭心。为了记住迁徙的路线，并且表达对先祖的追思与崇敬，景颇族人不仅将迁徙路线描绘在示栋上，而且严格遵循迁徙的路线，跳起了目瑙纵歌。心中装着祖先的圣地，刀剑弥漫着青藏高原的云烟，音乐回荡着美好的憧憬，脚步踏向幸福的家园，这就是目瑙纵歌的内涵。

## 跨国马帮

勐戛马帮始于清朝中期，结束于 20 世纪 80 年代中后期，跨越了 300 多年历史。生命的时空里凝固着无数汗液斑斑的镜头，一代又一代的马夫连同他们的梦想被时光折叠，定格在江湖中。

### 远去的行话和方言

言行打着时代的烙印，具有自身的特定含义，与社会变迁密不可分，如今笔者再次盘点，感觉特别有趣。怀旧也是一种熏陶。

许多马锅头的姓名还储存在高龄老人的记忆里，这些人胆大心细，处事果断，具有一定的号召力。马锅头有大小之分，一些大马锅头并不劳动，骑着高头大马在后压阵，他们有的是帮会中的主要成员，有自己的势力。马匹皆是驯养过的牲口，各有其名，呼之即来。为首者称头骡，颈挂铜铃两个，龙头饰以红绒和红色彩布，额心置一面小镜子；第二匹牲口称二骡，挂一串苏铃（当地人称超子），头部装饰略少于头骡。头骡是全马帮的带头者，负重较轻，行进中没有主人号令，一般不会停下来，无论白天黑夜，都能识途前行。经验丰富的头骡能预知前方险情，遇有猛兽或暗藏的陷阱，会即刻停下脚步，并发出声音提示主人。当地马帮有

很多行规、行话，可谓之马帮文化。如禁止说豺、狼、虎、豹及其同音字——"柴"说成"火尾子"，"抱"说成"搂"，煮饭烧焦忌说"煳"。汤勺要俯放，不能仰放，因其像马蹄，蹄子翻朝天即是死；煮饭不用三脚架支锅，因为牲口都是四只脚，出现三脚即是受伤。这些行话和忌讳本地人也未必能搞懂。马帮作为民间的专业运输队伍，常年行进在蜿蜒的古道上，运输物资的同时，也带来各种信息。因商业交易产生文化交流，与外界形成千丝万缕的关系。从当地运出的商品主要有茶叶、大烟、八宝菜、草鞋、核桃、钱纸、锡箔、土布、铁锅等；从外国或外地运入的商品主要有布匹、棉线、盐巴、毯子、煤油、锅、碗、瓢、盆等工业品。也有的马帮专门到缅甸给英国人运送货物，村民谓之"上洋脚"。旧中国技术落后，诸多生活日用品依赖进口，边境地区更是物资奇缺，对进口物

马灯

品倍感新奇。老百姓给若干舶来品冠之以"洋"字，如称火柴为洋火、水桶为洋桶、棉线为洋线、毯子为洋毯、锄头为洋锄。还给普通的煤油起了个漂亮的名字，谓之"银丹青"。这些行话、行规和方言已渐渐远去，成为那个时代的背影。

勐戛马帮的步履丈量漫长的历程，年年岁岁由家乡出发，或迎着南高原的长风，铜铃响彻无垠的森林，响彻高山峡谷，抵达龙陵、施甸、保山、大理、祥云，甚至更远的地方；或沿着瑞丽江方向出走缅甸，抵达九谷、腊戌、瓦城、蒲甘等地。干冬季节出行，正常情况下需要三五个月来回一转，路途十分辛苦，也充满危险：匪徒挡道、瘟疫染身、野兽攻击等各种情况随时都会发生，客死他乡者屡见不鲜。

## 迁怒一副铜铃

山间铃响马帮来，说明铃声响彻山谷，美妙动听。然而，铜铃也会骗人，骗得你好惨。

据说，当年一个姓张的马锅头带着马帮驮运物资，路过黑山门的时候突然听到前方传来叮咚、叮咚的铃声。黑山门地势高耸，道路狭窄，马帮一旦相撞必定会跌下万丈深渊。于是，马锅头号令马队稍等。可是，临近黄昏并没有看到对方的马队，第二天仍然没有踪影。而铃声却时时传来，回荡在深山峡谷之中，感觉两个马帮的距离很近。直到第二天下午，对方的马帮才浩浩荡荡地走来。其实，马锅头听到铜铃声的时候，对方的马帮还在三十多千米之外，因为铃声太响，感觉似乎近在眼前，所以造成了错觉。由于白白浪费了大把时间，错过交货日期，必然蒙受损失，马锅头压住心中的怒火，同对方商量说，自己愿出一百两银子购买那副铜铃。成交之后，他当场敲碎铜铃，以发泄心中的怒气。这个故事一直流传下来，成为人们茶余饭后的趣事，有人赞叹那敲碎的铜铃太奇妙，能声应几十里，确保一路畅通；有人赞美马锅头是条刚烈的汉子，霸气十足，财路被堵，宁愿出高价买下铜铃并毁之，真提气；也有人说马锅头被铃声蒙骗，最终拿银子撒气，值不得。总之，各说各的，看法不同。当事人早已百年作古，故事依然鲜活，脍炙人口。

## 石拱桥头望夫回

《赶马调》充满思念之情，唱了一代又一代，唱出了女人的心酸，唱出了马夫的孤独与寂寞。

赶马人常年出门在外，很多人有自己的生活方式和经营方式。他们既做生意，也交朋友，遥远的路程留下真情和友谊，并建立了长久的商业关系。有的人到了一个自己喜欢的地方，并遇到自己喜欢的姑娘，就会娶亲结婚，组建新的家庭，使其成为远方的落脚点，并在那里生活两三年才回到故乡。古镇的《赶马调》就是最好的写照："赶马哥哥心不好，三天四天要出门；初一吃了交杯酒，初三初四要出门，你三月出门四月折，莫在夷方打雨水；

夷方姑娘留落大，留下多少汉朝人。"我们不难想象，当时马帮进入内地、外出缅甸很频繁。今天我们漫步在古镇街道上，但见一隅断桥，垂杨拂风，那里仿佛坐着一位年轻的少妇，美丽的容颜掩盖不了惆怅的云雾，思念化作流水，源源不断。一颗寂寞的心等待了几度春秋，同去的伙伴早已回来，而丈夫依然未归。从盼望到焦虑，从焦虑到怨恨，何去何从，眼前爱恨交织，一片渺茫。其实，从丈夫赶马出门的那一刻起，她就隐隐感觉会有这样的一天，只是她不愿意多想，极不情愿相信这种感觉罢了。现实生活中有为男人开脱的歪理邪说："好女不嫁二夫，好男能娶九妻。"生活没有圆满的答案，当另一半终于回来的时候，日子依然像平常一样。马夫出门在外，越走越远，漂泊异国他乡，孤独寂寞在所难免。缅甸有个留郎妹，汉朝有个望郎回；缅甸留郎留不住，故乡望郎望得回。绝大多数人思念故土，最终还是要回来。

# 边城逸事

历史是一页页喧嚣的画面,时光奔腾向前,画面渐渐沉静下去。许多历史往事因为内容特别、情趣横生而长期流传在民间,虽没有正史记载,但它是人们茶余饭后喜欢涉及的话题。芒市的边城逸事有自己的特点,具有明显的地域性和民族性,哪怕是上下级关系也会显得很人性化,反映了历史原貌,不同的故事能读出不同的味道。

## 文斗乎?武斗乎?

芒市是一个多民族聚居区,明末清初才开始有汉族迁移至此居住,这些来自内地的汉族很快融入当地社会,形成良好的民族关系,与各民族和谐相处,亲如兄弟。

云岭边陲芒市,多民族杂居,当地世居少数民族进驻时间久远。与之相比,汉族进驻时间较晚,但他们表现出极强的适应性,很快与周边建立起和谐的人际关系,做到包容并蓄,相互尊重,相互学习,互通有无,共同发展。以勐戛为例,虽然汉族居多,但与各民族的关系非常融洽,在相互交往的历史长河中,通商交友,结亲通婚,关系亲密。很多人能讲一口流利的民族语言,就是汉族与汉族之间的交流,也会偶尔说上几句民族方言,感觉特别亲切。甚至性格特征也会受到当地少数民族不同程度的影响,直率粗犷、朴实无华、不拘小节。旧时代,勐戛百姓不但主动接受土司的管辖,而且还建立了更为特殊的关系，一些口口相传的历史事件足以说明问题。在清朝后期，芒市与龙陵县交界处的双坡，因界线发生争执，矛盾一直得不到解决。一次，龙陵方将芒市土司官扣押于府内，准备要挟芒市方让步。消息传到勐戛，当地"三勐"（勐戛、勐旺、勐稳）乡绅立即派人抵达龙陵府衙，摆事实，讲道理，据理力争。龙陵方自知理亏，最后只好释放了芒市土司官。此事影响颇大，充分反映了民间与土司衙门的密切关系。

在重大问题上彼此相互支持，对地方实行统一管理，守土卫疆，维护一方安定，对促进边疆经济和社会的发展做出了应有的贡献。随着时间的推移，各民族关系进一步加深，深得土司信任。勐戛乡绅曾应土司要求，配合解决过一些衙门内部的矛盾。相传，有个土司正印官去世后，一个外地人与正印官夫人相互勾结，企图篡夺权力。三勐乡绅在从干（若干个寨子集中议事的地方）集会，商议对策。之后，三勐乡绅抵达土司府，质问图谋不轨的外来人：要文斗还是武斗？对方回答说，文斗如何？武斗又如何？三勐乡绅说，文斗送你出去，武斗打死你。对方畏惧地回答说，要文斗。结果，外来人被用计谋驱出芒市之地。在封建领主制度下，这是一种少见的上下级关系。土司官非常高兴，下令免除勐戛、勐旺、勐稳三个地方的官租，同时减轻其他税赋，以示嘉奖，优待百姓。

## "三勐"比武

止戈为武不错，但自己要有实力，否则这就是一句空话。

勐戛、勐旺、勐稳历史上简称"三勐"，在"三勐"头人中革文刚最具影响力，声望较高，而且平时有几分傲气，所以，其他两位头人心里很不服，想打压一下革文刚的盛气。一天，勐稳的田老总与勐戛的曾老总商量，决定三勐到芒市土司府开展一次比武活动，由土司官做裁判，决定胜负，以显示各自的实力，分出高低。于是，曾、田两位老总向芒市土司禀报后就暗做准备，铆足了劲头，志在必得。光绪九年（1883年）正月初十，革老总突然接到勐戛和勐旺的邀约，于正月十六到芒市土司府比武。革老总立即安排布置，准时赴约。是日，比武大赛正式开始，土司宣布了比赛内容和规定：第一，抱石狮子绕衙门三圈；第二，在房顶上行走瓦片不烂；第三，用手掌将砖块劈成两半；第四，两人使用木棍对打；第五，一对一拳脚交锋；第六，公平比武，不许报复，违者杀头示众。紧接着比武逐一进行，勐旺的李二牛抱起石狮子一口气转了三圈；勐戛的选手抱不动石狮子，只好放弃；勐稳的选手转了一圈半，气力穷尽，只好停下。第二项开始后，李二牛纵身跃上屋顶，健步行走，身轻如燕，瓦片完好无损；勐戛选手踩烂三块瓦，罚银五两；勐稳选手自知功力不足，不敢上房。进入第三项的时候，勐稳的一掌劈断砖块，勐旺和勐戛的劈不断。到比赛棍术的时候更是让人眼花缭乱，木棍飞舞，嗡嗡作响，每个人都使出了自己的看家本领，结果勐旺打败了勐戛和勐稳。最后一项比赛，场面非常激烈，彼此拳脚并用，快如闪电，势如猛虎，各有奇招，招招逼人，李二牛不但臂力惊人，而且出拳稳、准、狠，先后将"两勐"选手击倒在地上。此次大比武，勐旺虽仓促应战，但由于平时训练有素，功力深厚，所以最终以四胜一负一举夺魁，大获全胜。比赛结束，在庆功会上勐旺受到嘉奖，获得匾额一块。拳师李二牛一展雄风，引人注目，土司问获胜者是何人？革老总恭敬地回答说，是李二牛，其兄大牛留在勐旺看家护院，防止歹徒侵袭。土司微笑着点点头，要求各勐回去后要相互配合，搞好地方管理，并亲自安排属官方庆维送革老总一行返乡。获胜的消息传来，勐旺村民欢欣鼓舞，在桌子上摆放鲜花，焚香叩首，感恩菩萨神灵和祖先庇护，十响大铁炮直冲云霄，喜迎革老总得胜回乡。一场精彩的比武，反响巨大，许多年后人们还在谈及此事，一些高龄老人将其描述得绘声绘色。百年如梦，时过境迁，当年的比武活动反映了地方头人之间的内部斗争，时至今日，成为一个鲜活的历史故事，体现的是一种尚武精神，一种武术文化，谁胜谁负已经不重要了。

## 金鞍银马玉秋珠

芒市有两个风光旖旎、地利丰植的河谷盆地，"鱼米之乡"的美誉并非浪得虚名。

清朝末年，一伙来历不明的人花言巧语，哄骗芒市的地方头人。头人出行一贯骑马坐轿，不会徒步。他们用轿子抬着头人往内地走，来到一个偏远的山寨，轿夫累得汗流浃背，再也抬不动了，提出让头人向村民借用马匹乘骑。借条的内容是：今借到白马一匹，新鞍一副，木秋珠一套，用后如数归还。抵达目的地时，借条内容发生了变化，上面写道：今借到银马一匹，金鞍一副，玉秋珠一套。仅银马和金鞍就是巨额财富，再加上玉秋珠更是价值连城，无法归还。可是白纸落黑字，头人有口难辩。马匹的主人说，还不了东西也行，请头人签字画押，把芒市坝子划给我们一半，否则就不能放你回去。消息传来，芒市各族百姓十分震惊，立刻派出代表，据理力争，揭穿了对方的阴谋。但由于借据在别人手里，最终不得不把一个叫弯腰树的小地方划给对方，十多亩肥田。

## 缅桂飘香怀念贵人

缅甸的伊洛瓦底江和萨尔温江都发源于我国青藏高原。萨尔温江上游是我国的怒江,伊洛瓦底江的上游是我国的陇川江。缅甸与中国一衣带水,芒市作为边境城市之一,两国边民续写着胞波新篇。

中缅两国山水相连。俗话说远亲不如近邻,源远流长、承古拓今的中缅胞波情印证了这句朴实无华的民谚。根据著名学者季羡林先生的考证,早在公元前中国的商人就从成都出发,途经云南,直达缅甸北部、印度、阿富汗,路线很长。唐贞元十八年(802年),缅甸使团35人抵达唐朝都城长安献乐,曾引起轰动,白居易、元稹、胡直钧等著名诗人都为此留下了脍炙人口的诗篇。在2000多年的交往中,两国人民一直沿着"南方丝绸之路"进行商贸活动和文化交流。

时序跨入20世纪50年代,中缅胞波情谊翻开了崭新的一页。为维护两国边境社会的和谐与稳定,中缅两国政府决定在德宏州芒市举行一次盛大的"中缅两国边境人民联欢大会"。1956年12月15日下午3点,吴巴瑞率领400多人的代表团在周总理的陪同下从缅甸九谷经畹町口岸步行进入中国,稍事休息后前往芒市。从畹町到芒市,沿途各族群众举着两国国旗夹道欢迎,从芒市的三棵树至芒市宾馆的欢迎场面更是宏大热烈,鲜花、鼓声和欢呼声惊天动地。12月16日,边

城芒市万里晴空、万人空巷，举世闻名的中缅边民联欢大会在芒市广场召开，来自中国云南和缅甸的各族代表共15000多人，大家欢聚一堂，共参盛会。大会由刘明辉代省长致辞，缅甸总理吴巴瑞发表了热情洋溢的讲话，周恩来总理做了重要讲话。周总理的讲话尤其鼓舞人心，赢得海潮般的掌声，经久不息。周总理讲话结束，两国总理紧紧握手，共致祝贺词。会议自始至终隆重而热烈，盛况空前，缅甸、日本、苏联等媒体做了专门报道，一个名不见经传的边陲小城从此闻名于世。

12月15日，周恩来总理和吴巴瑞在下榻的芒市宾馆植下了象征中缅友谊的常青树——缅桂花树。

中缅联欢大会后，两国友谊得到进一步巩固和发展。1960年1月28日，中缅两国签订《中华人民共和国政府和缅甸联邦政府

中缅友谊树

中缅友谊树

关于两国边界问题的协定》《中华人民共和国和缅甸联邦之间的友好和互不侵犯条约》。10月1日，双方签订《中华人民共和国和缅甸联邦边界条约》。这是中国与邻国成功解决边界问题的第一例，为以后解决类似问题树立了良好范例。1961年1月4日，中缅两国总理在繁花似锦的仰光互换了《中华人民共和国和缅甸联邦边界条约批准书》。从此，中缅两国边界条约在法律上正式生效，两国边界成了永久的和平边界，缅甸成为第一个在20世纪60年代与中国和平解决边界问题的国

家。中缅联欢大会的召开刷新历史,树立了新的里程碑,在加强和促进中缅两国友好关系、推动世界和平方面,仍然有着重要的历史意义,成为中国外交史上的一段佳话。

几十年弹指一挥间,周恩来总理和吴巴瑞总理在芒市宾馆植下的两株缅桂花树枝叶繁茂、郁郁葱葱。岁月如流,缅桂飘香,各族人民永远怀念心中的贵人,怀念那个激动人心的时刻。缅桂花树植在边疆的土地上,也植在各族人民的心中,芒市人民永远铭记一代伟人的历史贡献,铭记周总理的亲切关怀,从而感恩历史,筑梦芒市,扬帆起航,驶向更加辉煌的彼岸!

# 烽烟芒市

滇西抗战，一篇难忘的史页。历史的伤痕不仅是一代人的印象，更是一个民族刻骨铭心的记忆。在兵荒马乱、硝烟四起的国难时期，芒市有过许许多多鲜为人知的故事，或百姓遭殃，惨不忍睹；或悲情豪放，英勇无畏；或同心协力，坚韧不拔……血与火的诗行震撼山河。

## 铁蹄之下有忠魂

勐戛焕南好儿郎，毁家杀敌卫边疆。
芒遮古道硝烟远，还我河山鉴沧桑。
满门忠烈为国计，一腔热血洒沙场。
今日你不坟前祭，英雄何处诉衷肠！

覆巢之下无完卵，国破民辱家何在。当年日寇进犯芒市后，铁蹄踏遍每一寸土地，俯首当亡国奴，还是执戈奋起反抗，成为边地人民的选择。在生灵涂炭的惨状面前，一个出生富裕家庭的勐戛青年挺身而出，他叫杨思敬。

杨思敬，字焕南，汉族，1917年10月生，云南省德宏州芒市勐戛镇大新寨人，潞西青年抗日救亡团的发起人和领导者，龙潞游击支队第四大队大队长。杨思敬出生于勐戛镇一个较富裕的家庭，幼年在勐戛镇省立小学念书，后到龙陵县乡村

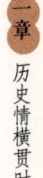

师范学校、昆明市昆华农业高中求学，后考入重庆中央大学，毕业后在云南省墨江县担任农科指导员。当时日本帝国主义大举侵华，他目睹生灵涂炭，祖国大好河山惨遭日寇蹂躏，遂立志从戎。乃辞职改投考航空学校，因体检不合格，转考重庆警官学校第五期。

当时西南边疆政治、经济、文化、交通均处于落后闭塞状态，面对日益紧张的抗战需要，为紧急输送国际援华物资，滇西各族人民用8个月修通了滇缅公路，一时把滇西边境变成繁华之地。杨思敬从警校毕业后，遂申请来到边陲国门——畹町镇，任警察局巡官，因父亲与遮放土司多英培有世交，又被委托兼任遮放司署驻畹町办事处主任（因该地系遮放土司领地，故特设此机构）。

1942年初，日本侵占马来西亚后，兵锋直指缅甸。5月3日，日军先头部队占领云南边境重镇畹町，紧接着，滇西全部沦陷。

杨思敬在日寇逼近畹町国门的5月2日夜，和最后一批宪警撤离。他本可以随大部队渡过怒江，但毅然放弃，回到家乡大新寨。看到在国破家亡的危难关头，边疆各族人民群众无不义愤填膺，同仇敌忾，便决心毁家纾难，拿起武器与侵略者战斗。他说服母亲变卖田产，购买枪支和弹药，并发动群众捐枪捐款，开展抗日游击斗争。5月中旬，邀约潞西设治局官员及土司属官、头人、士绅、地方名望人士等，在勐戛镇三角岩村三仙寺石洞中聚会。参加人员有三角岩的谷祖汉、勐戛的李济宽、杨家厂的余应洪（傈僳族）、户掌的杨老清，以及芒、遮、板三土司的代表，决定正式筹建"潞西青年抗日救亡团"，大家一致推举他为团长，并商定了征集兵员及武器的办法。当地汉族、傈僳族民众当场就有50多人积极响应。杨思敬四处奔走，宣传救亡图存的道理，倡议有力出力，有钱出钱，有枪出枪。因他与遮放多英培家土司系世交，其祖父任过该土司塾师，其父杨煜芳曾任该土司三代土师师爷之故，向当时遮放土司多英培（解放后曾任德宏州政协副主席）募得枪械10多支。之后，采取借用的方式，又筹到一批枪支弹药。

"潞西青年抗日救亡团"于1942年7月正式成立，依照三仙洞会议决定，芒—遮—板三区各保，征得汉族勇壮200余人、傈僳族等少数民族近100人，队伍很快扩充到300多人。杨思敬随后组织指挥了勐板、八家寨、勐堆、木城坡、背阴山等战斗，在龙潞一带与日寇作战大小数十次，曾夜袭驻象达日寇，缴获颇多，获三八式步枪10多支、轻机枪2挺、日寇指挥刀1把、太阳旗1面，其他如钢盔、刺刀、子弹若干件，毙敌10余名，伤20多名，还救护了援华美国空军驾驶员普罗克托中尉。当时普罗克托奉命驾机轰炸驻芒市日寇军火库，被日军高射炮击中机身，强飞至龙陵县绕廊迫降，游击队员拆得机上机枪4挺、子弹若干，并护送普罗克托中尉到保山美军第71分站。此次营救行动游击队员获奖金10万。

同时为了唤起各族民众勿忘国耻、齐心抗日、誓死不当亡国奴的斗志，杨思敬于1942年秋在芒市勐戛镇莲台山观音寺旁题写四个大字"还我河山"，并请勐戛镇芒网村石匠朱发行雕刻在山壁的岩石上。该石刻见证了杨思敬精忠报国、誓死驱倭的爱国情怀。

杨思敬指挥并参加了其他典型战斗。1942年10月31日，日军200余人由芒市至平戛，抵达象达坝尾桥时，隐蔽在灌木丛中的游击队员拉响地雷，炸死日寇19人，伤70余人，伤军马数匹。11月，又于南天门伏击日寇辎重运输队，炸毁日军车2辆，毙敌5人。

1943年春夏之交，潞西抗日救亡团改编为"潞西县民众自卫大队"，对上称为龙潞游击支队第四大队，杨思敬担任大队长，谷祖汉为政治指导员，下辖四个中队。此后，杨思敬带领游击队员，活动在潞西东南部山区，远至龙陵县的勐堆、勐蚌等地，探察敌情、破坏交通、除奸防暴、袭击日军。

杨思敬领导的游击队扰乱了日军的部署，日军驻遮放宪兵队队长坂口穷凶极恶地宣称要捉拿杨思敬，血洗大新寨。在此情况下，杨思敬既鼓励游击队员继续坚持斗争，又担心乡亲、

杨思敬像

亲属受连累，立即赶回大新寨组织群众转移。杨思敬赶回大新寨后，本寨汉奸尹家贵密报遮放日军宪兵队，所幸受杨思敬派遣打入日军宪兵队的线人谢关青及时通风报信，杨思敬全家得以紧急转移，日军窜到大新寨扑空后气急败坏，把杨思敬家的房子全烧了。

1942年12月，杨思敬全家和龙潞游击支队副司令常绍群等人被迫躲在一个山洞内。在洞内杨思敬曾对他妻子甘发玉、姐姐杨思锦等人说："古来征战几人回，我迟早为国牺牲，死得其所，不必难过。如我死后，你们要把杨东初（其子）、杨复初（其侄子）抚养成人，为国报仇。现在我分给你们每人一点弩箭药，一旦你们也被捕，就划

破皮肤，抹上弩箭药就可以不当顺民了。"接着他把弩箭药分给妇女们，大家听着都哭了。忠义之言，掷地有声。

在杨思敬全家转移到龙陵平戛游击队驻地后不久，又遭日寇围剿，全家为躲避日军搜寻，四处躲藏。当江防危急时，杨家不得不逃亡至怒江东岸的保山施甸街。他仅遗的两岁儿子杨东初因染时疫不治夭亡，杨思敬的母亲和妻子后在"文化大革命"中也被迫害致死。

1943年5月10日起，日军以第56师团第146联队主力协同芒市、遮放及缅甸的捧线等地的警备队联合出动，分进合击龙潞游击队。5月25日，杨思敬率第四大队转战到勐板黑河梁子、石门坎一带，不慎陷入敌包围圈，激战3个小时，共计毙敌10余人、伤50余人。游击队自身也伤亡惨重，其中副大队张大雄腹部受伤，副中队李品分及队员3名均负重伤，失踪官兵20多名。大队长杨思敬被冲散，隐蔽到小平河第三中队长明其坤家的地窝棚里。杨思敬派通讯员出山收容冲散的游击队员，不料该通讯员在路上被日军逮获。由于通讯员畏死出卖了杨思敬，日寇直达窝棚把杨思敬俘获。日军深知杨思敬在龙陵、潞西一带颇有声望，抓到后如获至宝，把他押到遮放土司署（日军宪兵队驻地）劝降，并由土司出面"保释"。但杨思敬识破日军诡计不屈不挠，严词拒绝。第56师团第146联队长今冈宗四郎大佐获悉后，担心彪悍的傈僳族中队突袭营救，立即命令遮放宪兵队将杨思敬押解到缅甸小镇九谷（畹町镇对面），关入英国殖民者开办的缅甸煤油公司油库楼房，严加看管。

日军屡次威逼利诱，妄图让杨思敬出面任日军把持的维持会会长，见杨思敬年轻英俊，故意挑选姿色较好的军妓用美人计来诱其投降，均遭其严正拒绝。杨思敬决意以死报国，绝不投降。日军穷尽所有诱降计谋，均遭失败，无计可施，只好强令其随军再次扫荡游击区，目的就是以他为诱饵，吸引前来营

杨思敬故里

救的游击队员，意图把游击队一举歼灭。

然而杨思敬早就识破日军诡计，绝不愿被日军利用。扫荡日军沿中缅边境出发，目标直指芒市平河和龙陵平戛附近的游击队根据地核心。当沿中山小街行到勐板万马河山地，杨思敬乘敌不防，从马背上纵身跳下悬崖，选择了一条或脱险继续抗日、或牺牲殉国，但决不做汉奸的道路。坠崖后杨思敬被野藤所绊，一只腿跌断，半悬在绝壁之间，日军威胁杨思敬听从日军的命令，才救其上来，但杨思敬去意已决，挣扎坠崖，日寇视其终不降服，在当时同被日军押行的民众目睹下，乱枪将其杀害。杨思敬牺牲时仅26岁。1987年7月，潞西县人民政府报云南省人民政府，经中华人民共和国民政部批准为革命烈士。

杨思敬烈士证

# 屠龙回龙山

回龙山位于畹町东北方，滇西大反攻后期，国军将领陈明仁在这里打了一场漂亮仗。远在延安的毛主席了解了回龙山战役之后，十分欣赏陈明仁的战术思想和指挥艺术，称其为"战术杰作"，陈明仁和回龙山战役也是毛主席唯一点评过的滇西大反攻的战将和战例。

回龙山是横断山脉南延至畹町境内最高顶峰，海拔 2019.2 米，为扼守畹町的天然屏障，与西北海拔 1556 米的黑山门成为犄角之势，控制滇缅公路交通要冲。

据守回龙山是日军第 56 师团（龙兵团）第 146 联队第 3 大队，在日军"拉孟守备队""腾越守备队"相继被中国远征军全歼，龙陵守备队、芒市守备队、平戛守备队被重创后，该联队是当时日军第 56 师团 3 个步兵联队中仅剩战斗力较强的一支部队。1942 年 5 月 5 日侵入怒江边惠通桥头的日军急先锋，就是以第 146 联队第 3 大队为主力的坂口支队。此外日军第 146 联队部一直常驻畹町，联队长今冈宗四郎担负掩护日军第 56 师团撤退的重任，面对远征军的勇猛冲击，1944 年 12 月下旬，第 56 师团长松山佑三命令今冈宗四郎将联队主力部署在黑山门—回龙山一线构筑坚固阵地。

在当时的中国国民革命军编制中，番号在前十的都是战力较强的部队。如今第 2 军第 9 师、第 5 军第 200 师会攻回龙山，激战一个星期，仍无法攻克，远征军司令长官卫立煌急如星火。回龙山不克，中印公路难通，仅靠当时从驼峰航线输送到中国的战略物资难以维持抗战的需要，亟待打通国际援华物资通道——中印公路。面对重庆军政部和盟军统帅部的双重压力，卫立煌即令远征军副司令长官黄琪翔前往第 11 集团军总司令部督战，与第 11 集团军黄杰总司令协商后，敦请第 71 军代军长陈明仁统一指挥各攻击部队攻击回龙山。

陈明仁，湖南醴陵人，黄埔军校一期毕业，抗日虎将，曾任预二师师长，率部参加桂南会战昆仑关战役外围阻击战。作风勇猛，性格倔强，因性格耿直，敢做敢当，有"湖南骡子"之称。面对战局胶滞和盟军统帅部的强大压力，1月8日晚，第11集团军总司令黄杰约第71军代军长陈明仁来前线指挥所研判战况，决定于10日派第71军第88师接替第200师回龙山阵地，实施中央突破攻击，占领回龙山，击破畹町之敌。适逢美军联络官司徒德上校、费尔特中校、白古拉少校，偕同美国《时代》周刊记者白修德来到指挥所。司徒德上校传达了魏德迈将军对畹町战局进展缓慢的不满意见，并云：如战事仍无进展，而后美国空军协助将生困难。言外之意即畹町若不能迅速攻克，将不予空军支援。黄杰如实向魏德迈报告回龙山日军实际兵力并非此前预判的500人，在回龙山周边地区的日军实乃日军龙兵团全部，并表达中国军人为民族生存、国家独立作战到底的决心。在座的白修德记者询问陈明仁对回龙山攻击是否有占领把握？陈明仁以坚决口吻答复有必胜把握，并承诺10日开始攻击，三天内攻下回龙山。若不能成功，与攻击部队全体官兵，即全部在回龙山成仁。当时白修德聆悉陈明仁答复后，耸肩伸舌，表示惊讶。

　　陈明仁的话也让在场的所有高级将领大吃一惊，司徒德更是一脸的疑惑。自怒江反攻以来，中国军队每次攻坚战无不历经十天半月以上。据前方探报回龙山日军有八百多人，为驻守松山日军的三分之二，松山攻坚战历时三月有余，而陈明仁承诺仅需三天，实在是出人意料。面对各将领的沉默和诧异，陈明仁补充道："我是中国的中将，说话从来算数！如果三天拿不下回龙山，我与回龙山阵地共存亡！"

　　陈明仁能这样斩钉截铁地承诺三天能攻下回龙山，是因为他早已胸有成竹。回龙山的日军虽凶悍，但已是强弩之末。反观中国军队气势如虹，从怒江边一直打到中缅边境，在作战信心上占优；日军虽单兵作战能力强，擅长近战和夜战，但美军航空队掌握了绝对制空权，且密支那、芒市机场已经收复，都可为实施空中打击提供支持，远征军可以发挥运用强大火力以远打近，在白天解决战斗。日军固守阵地是静态目标，恰好给进攻军队提供定点清除、精准打击的机会，中国军队主动攻击，快速移动调整，做到以动打静。

接令后，陈明仁即迅速分析敌情，研讨战法，在部队接防前，陈明仁要求美军14航空队不间断地侦察地形并投弹试射日军反应，从而更详尽地探悉日军的防线实情，避免血战松山时对敌情不明所带来无谓的伤亡。随后综合地面侦察各种情报，精心绘制日军回龙山工事分布图，有针对性地制订详细的作战方案。具体战法上决定采取声东击西的战术，让第2军第9师、第76师，第5军200师从回龙山东面继续攻击，调动回龙山侧翼阵地的日军，主攻部队第88师采取分割包围的战法，从左右两侧向正面击破阵地，再以第87师迂回至回龙山后方切断日军逃往缅甸的退路，第53军第116师则从大青山方向出击支援第71军的攻势，力求全歼回龙山日军。陈明仁的作战方案，深受中国战区参谋长魏德迈将军的赞许。

为提高作战效率，要求各级指挥官靠前指挥，掌握战况。在排兵布阵上，陈明仁决定将主攻任务交给71军88师第263、264两个团完成。第88师前身是戍守南京城的警卫二师，师长胡家骥，湖南湘乡人，黄埔军校第五期毕业，号称"拼命三郎"。在攻打龙陵时，就因亲自带一个团冲锋陷阵而负伤。副师长熊新民，湖南桃源人，黄埔军校第六期毕业。师参谋长傅碧人，湖南安化人，黄埔军校第六期毕业。傅碧人原任88师263团团长，在1944年6月8日攻打龙陵勐陵坡时身负重伤，送至保山美军医院治疗半年刚归队，荣升第88师参谋长，主攻第263团长危耀东、264团长戴海蓉都是一路从怒江边打到回龙山，有着丰富的对日作战经验。师长胡家骥因病休养中，此战由副师长熊新民代理指挥。

主攻部队集结完毕后，陈明仁召集各级指挥员亲自作战前动员，他说："对面回龙山的日军是我们的老对手了……我们的黄埔精神一定能够战胜日军的武士道精神。"

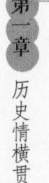

1月10日，畹町上空万里无云，滇西的暖冬和干燥，给陈明仁的指挥创造了极佳的气象条件，与远征军进攻松山时大雨滂沱的雨季恰好相反。攻击开始后，陈明仁亲自督战，他统一指挥24架飞机和40门大炮对日军回龙山坚固的工事实施密集轰炸。11时13分，第一波空中打击开始，9架B-25轰炸机在6架P-38战斗机的掩护下呼啸而至，美军P-38战机编队对回龙山轰炸扫射，将800磅航空炸弹、凝固汽油弹和燃烧弹倾泻到日军阵地，紧接着第二、第三、第四批次战机轮番轰炸。12时05分，炮兵部队开始对回龙山集中火力射击。在战机返航加油挂弹期间，地面大炮相继怒吼，远征军炮10团、炮7团、第5军山炮营、第71军战防炮营的150榴弹炮、山炮、重迫击炮一起开火，轰炸范围从回龙山延伸到周边日军阵地，同时一部火力指向日军后方滇缅公路方向，断其机动增援。

滇西日军尚未见识如此高密度和高强度的炮火覆盖，在空中飞机地毯式的轰炸和地面大炮的重点打击下，隆冬时节草木枯黄的回龙山，瞬间就变成了火焰山，陷入一片火海之中，日军阵地前沿构筑的各种工事在猛烈的炮火反复地轮番轰炸下，受到致命的打击。山头犁平，地堡掀翻，整个山地硝烟弥漫，不少躲在掩体里的日军直接被活埋或击杀。绝对的制空权和优势的炮火扼杀了日军的近身作战优势。

陈明仁要求充分发挥空地协同、步炮协同的效果最大化，还未等日军从轰炸中清醒，即令第88师于中午12时37分利用两团的优势兵力向盘踞之敌发起凌厉的攻势，擅长近战的残余日军不甘心坐以待毙，纷纷跳出战壕，与中国军队做最后的困兽之斗，一时间，回龙山上杀声震天，惨烈空前。第71军第88师副师长熊新民再次展示出了湘人的勇猛和血性，亲自冲至前方团指挥所，激励全体将士不怕牺牲，奋勇杀敌，以慷慨赴死的必胜信心坚决遏制残余日军的疯狂反扑。15时25分，L5侦察机报告：第88师已攻上山顶，日军由畹町向回龙增援。激战至下午3时30分，驻守回龙山的日军大部被歼，少数残敌仍作负隅顽抗。此时陈明仁并没有被眼前战局的顺利冲昏头脑,他赶到第88师师部,督导战况,日军回龙山附近阵地虽然3次冒死增援,但都被空中战机和地面远征军击退。至16时45分,中国军队由回龙山反斜面攻上顶峰。在最后5分钟争夺山顶战斗,手榴弹纷掷,密如骤雨,硝烟尘土,血肉横飞,杀声震天,山崩地裂。远征军副司令长官黄琪翔中将与美军司徒德上校、美方记者白修德、中方昆明《扫荡报》记者潘世征等,均在回龙山山顶观战。"白修德记者亲身目击战斗之惨烈,至是始惊佩我国军伟大之攻击精神,一改其过去轻蔑之心理。"17时20分,陈明仁报告黄杰:回龙山4个山头已完全占领……他自己在日记中记述:"今日之胜利,争得莫大之面子,官兵殊能用命,欣慰之至。"至18时,仅少量日军趁乱逃脱,大部日军被歼,第88师力克回龙山。

回龙山之战乃整个畹町战局的转折点,加快了收复畹町的进程,顺利完成两支中国远征军在缅甸芒友的胜利大会师和中印公路及输油管道的开通。此战一改滇西大反攻的战局沉闷进程沉闷,用酣畅淋漓、干脆利落的战法为驱除倭寇、收复滇西国土写上精彩一笔。

# 第二章
## 山水情丹青画卷

芒市地处云岭高原的中缅边界，当银鹰划过高黎贡山之后，你会看见逶迤连绵的大山怀抱着两个风光秀丽的坝子，一是芒市坝，二是遮放坝。来自印度洋的暖风和源自北方的寒流分别被高黎贡山挡住，暖风回流长空，形成地面的亚热带风光，青翠欲滴的画面成为永恒的主题。

# 关山深处有秘境

高山盆地，构成立体气候，置身海拔 1000 米以下的低热河谷区，你很难想象这里还有风雪弥漫、云雾缭绕的寒带原始森林。关山深处有佳境，相遇还是慕名而至，都不虚此行。芒市还有令人难以置信的植被，有高等植物 2500 多种，竹类 40 多种，兽类动物 100 多种，鸟类动物 300 多种。古树群 106 个，水美草肥，高山平地古木横生。

## 黑河老坡：古老的婚床

游人不得不承认，有些秘境，如果不身临其境，永远都无法想象，譬如芒市的黑河老坡就是如此。

黑河老坡海拔 2836 米，面积 2.46 万亩，位于芒市中山乡与勐戛镇交界处。属东支山地，地势较高，人站在山顶上，放眼四周，群山奔腾，逶迤邈远，周围牛羊撒欢，芳草如洗。游人听山风呼啸，观云海漫漫，仿佛置身于宇宙的新空间。芒市最高海拔是黑河老坡，最低海拔是 528 米的曼辛河谷，两地都在中山，所以便形成一山分四季的垂直立体气候。一个有趣的说法称这里是"古老的婚床"，适合各种动植物的生长，绿孔雀、蜂猴、黑熊、水鹿、蟒蛇、豹子、印支虎等经常出没，高等植物更是有数千种。据初步考证，黑河老坡高等植物有 2500 多种，林区动物约 69 种，其中有大量的珍稀动植物。

没有到过黑河老坡，此景区于你而言就是一种传说，总潜伏

在心的一隅。相隔几千米、几十千米、上百千米，遥遥的路途甩在身后，在不断的顾盼寻觅里，最终与黑河老坡的相会成为愉悦之旅。

夜风萧萧，人偎在大山的胸口睡觉。正值中秋前夜，秋虫匍匐在草的深处唧唧啾啾，凡尘顶起挂上天空的月亮，好像洗刷过无数次，干净得无法挑剔，一场梦，通夜都在微笑。

黎明时分，湿漉漉的雾弥漫山野大地，弥漫游人的睡梦。沉沉的酣睡，被早起路过帐篷的牛群一脚踏碎。

肩扛大山的第一缕曙色，一眼望见蜿蜒的栈道，如绳般挂向天际。貌似飘逸的神梯，飘往比云还高的地方。那就是直抵内心隐秘深处的路途么？人人用激动的双脚在颤抖中踩踏上去。清风撕乱美女的长发，细雨洗净青春的脸庞，浓雾润亮乌黑的双眼，沁人心脾的空气打转在肺尖尖。

回眸远眺，群山耸立，山脊蕴碧，天空四散的云朵，有

黑河老坡之夏

时聚拢，有时分开。环顾四野，野草和星星点点的小花，从天边流淌过来，呢喃满坡满坡的密语，让人的心豁然敞开，刹那穿胸而过的，是欣喜，是惊异，是不能不说出的喜爱。

一朵云刚开在牛群上方，瞬间被风儿摘走。一缕阳光赶来，轻轻爬上牛背，黑溜溜的、黄生生的牛背顿时熠熠闪光。草坡上四处泼洒的诗句，芳草无语，情满大山，似乎可以收藏。

① 黑河老坡之春
② 黑河老坡之秋

　　步入原始森林，一切恍如隔世，满眼都是雾气、是幻觉、是拥挤的树木，它们都是植物的精魂。那些苔藓，翠绿鲜活地贴满每一棵树的枝枝杈杈。前世今生，苔藓们生生不息，把自己活成树木的一部分，成了树木的皮肤，成了树木的衣服。人在古树王国里，世界中断了声响，悄无声息，整个森林洁净、清净、安静、沉静。

　　黑河老坡有自己的故事。1944年滇西大反攻，日军溃败途经黑河老坡，抓了两个牧羊的男子做苦役，其中一人为德昂族，一人为汉族。两人跟随日寇进入缅甸北部，途中备受折磨，

**黑河老坡之冬**

吃尽苦头。一天夜里，他们同时梦见黑河老坡出现一道红光，耀眼夺目。醒来后便悄悄逃跑，天亮时发现，远方有一座大山，但只能看到朦胧的山尖，那是家乡的黑河老坡。两人朝着黑河老坡的方向走，风餐露宿，一路乞讨，三个月后终于回到自己的故乡。这是一个真实的故事，为了感激大山的救命之恩，直到晚年，两人还相约登临黑河老坡。

一张古老的婚床，支砌在云海深处，远离闹市，神秘幻化，原始厚重，晴雨无常，一年一度瑞雪纷飞，满山银装素裹，其景色令人叫绝。沿着蜿蜒的栈道往返，能饱览千年古木，获取远古信息，舒展你的遐想。

## 月老的龙潭

　　一对恋人演绎了凄美的爱情故事，在如水的时光里浸泡，完成了从人到神的进程，不再是一个单纯的故事。

　　山透绿，水朗润，距离黑河老坡不远处有一个美丽的传说。

　　在中山赛岗村下寨村民小组，有一个小小的水潭，潭水纯净，清澈见底，没有任何污染。潭边峰峦叠嶂，意境独特，流传着一段凄美的爱情故事。

　　清朝末年，有一对外乡逃难的恋人，男的叫龙飞，女的叫潭晶，因不堪忍受父母的婚姻包办，双双逃到赛岗村，想隐姓埋名与世无争在此长相厮守。可惜天不遂人愿，女方父母还是追到这里……深爱着对方的彼此，不想再受分离后的相思之苦，牵手跳进了幽深的水潭。善良的赛岗村民被他们的爱情所感动，想将两人合葬在一起，却遭到了双方父母的强烈反对，于是为他们修建了两座新坟，葬在水潭边上。第二年，两人的坟头上都长出了一棵树，渐渐在空中会合，长成一个天然的拱形桥，将一对地下情人紧紧地连在了一起。人们说那是一棵神树，被赋予了神奇的力量，看过的人先会感到惊讶、疑惑、不解和敬畏，后又坦然……也许，只要彼此相爱，再普通的树都会变成连理枝，生生不息地绵延生长。为了纪念这对恋人，村民将水潭改为龙潭，将那棵连理树称为月老树，据说相爱的人伸手摸一下那棵树，感情就能天长地久。

　　望着静静的河水，让人深深地咀嚼早已失散的华丽和苍凉。那些往日的过往，像画家笔下的水墨，泅在宣纸上，晕染出曾经让人着迷的画幅，从中悟出那份空灵飘逸的意境，以及背后隐藏的无可奈何的凄凉和哀伤……

### 万马河景象万千

人类开发的脚步几乎踏遍地球的每一个角落,幸存的空隙已经不多,万马河河谷景区算一个。如果说许多地方的森林资源早已被掏空,那这里还有一个小小的宝库。

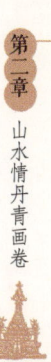

河山，河山，有河又有山，如果河流富有诗意，大山蕴藏珍稀之物，谁也不会怀疑其景色值得观赏和思考。万马河是一个典型的热带雨林风景区，地处芒市东部中缅边界，总面积22.54万亩。同样是一个古老的婚床，生命在这里悄无声息地诞生，孕育了丰富的动植物，树木高大茂密，绿孔雀、蜂猴、黑熊、水鹿、蟒蛇、豹子、印支虎等经常出没，人类的朋友终究没有忘记人类，依然维持着最后的情感。万马河有高等植物2500多种，列入国家重点保护野生植物名录的有黑桫椤、苏铁橛、翠柏、南方红豆杉、红花木莲、滇桐、云南波罗蜜等27种。万马河顾名思义，就是马匹很多的意思。在古代，这里是进出缅甸的重要隘口，从镇康至平河至勐戛的马帮，途经万马河，大批的商队来来去去，络绎不绝，吆喝声、铜铃声与奔腾不息的河流和雄浑伟岸的大山构成一幅喧嚣的画面。永不褪色的丹青画面从远古走来，沧海桑田，依然古老而年轻，无数远去的岁月在这里留下完整的脚印，万马河的前天、昨天和今天很相似。

中山万马河

# 怒江行

怒江源于青藏高原中部唐古拉山西端的吉热格帕，最高峰海拔6096米。江水翻山越岭，即将进入缅甸的一段流经芒市的中山，水面缓急不均，险滩暗藏，瀑布在深谷里撞击，发出呱呱的鸟鸣之声，加之两岸茂林葱茏，更显环境幽静，至今仍为秘境。

有人说怒江德宏芒市中山段风光旖旎，壮丽迷人，此话一点不假。那里成了人们一直想要抵达的地方，或者是一个令人一直期待的地方。

5月的中山，时值春夏之交，春天却未从这里走开，蓝天白云下，依旧是青的山、绿的林。缕缕清风拂人面部，亲密私语，然后轻轻滑过山体，奔向远方，偶尔惊飞的山鸽子撞破山间的宁静，片刻间，一切恢复沉静安宁，甚至有些原始的味道。许多人远道而来，直奔怒江。未到怒江之前，对这里的风光抱有很高的期望，却没有想到眼前的景色比想象的更美。阳光热烈、坚定、有力地普照，照在每个人的身上，照在人们的心里。有江水的地方不少，而怒江有自己的风貌，令人心动。

踏上漂江之旅，只见两岸热带雨林层峦叠嶂，礁石密布，千奇百怪，铁一样铮然，庄重而威严。静坐逆流而上的船只，江风拂面，心伴着两岸青山，耳听江水一路歌唱。不安分的浪涛，一厢情愿地拍打着沙滩岸石。天空水洗过一样净蓝，时不时便有不知名的小鸟在江面上空翻飞，从这边到那边。

中山怒江出境口

　　船夫似一尊敦厚的雕像，伫立船头，粗壮的缆绳牵牢古铜色的背影，高高抬起的头颅，鼓动着生命的奔突，苍茫着一段摆渡人家的故事。船夫叫宝六，江的渡口就是以他的名字命名的。日落星出，见证着宝六一家祖祖辈辈的摆渡之涯。无疑，他们是渡口真正的主人，江岸是他们的存活之地，也是他们生命永远的归属。

　　怒江以它神奇奥妙摄人魂魄的魔力展示着变幻无穷的风景，任何一段都没有一丝的重复，永远以一种出人意料的新奇美丽撞击着人的想象力，惊喜不断，并感受着由此而来的快乐和欣喜。很多地段江水异常湍急，特别是江面狭窄之处，渡船根本无法前行。这种的时候，

游人不得不下船，提心吊胆，小心翼翼，沿岸似攀岩般前行。

靠近岸边，下得船来，炎炎烈日下，冷石无语。人们掬起一捧江水，将一路风尘洗净，把疲惫的心晾于温柔的沙滩上。如果涉足清凉的江水，能感受到江水在裸露的肌肤上摩挲的声音，会禁不住深深地踏踩，想让自己的双脚踏进怒江的心灵深处。

傍晚，穿过密林，抵达怒江最尾处105号界碑，这里是回头山下三水交合之地。河床里的鹅卵石和圆石，在落日的照耀下干燥白皙。从青藏高原奔腾而来的怒江浩浩荡荡，流经中山乡13.7千米后，离开祖国母亲的怀抱，与曼辛河汇流出境后改名换姓，唤作萨尔温江，从此漂泊异国他乡。

中山怒江从中缅 105 号界桩出境

漂江之行不会辜负游人的期望，能感受江河的奔腾与宁静，享受盼望已久的美好时光。

离开怒江返回途中，依然能体验一下偏远乡村农人的朴实与纯美。游人即路人，农家门前小憩，彼此萍水相逢，主人憨诚地笑着端茶送水。粗糙的茶碗里，新采的茶叶，清冽甘凉，把安然的心绪一缕缕送进山风里。吐纳于如此宜人的山野农舍间，不会发现更多隐秘的东西，却看到朴素的山民，活得像神仙。主客安坐于此，仿佛成了时间的照片。

怒江行，路长情远，无不牵扯律动的心。走过的地方，像

一个个客栈，还有依偎着它的一汪江水，难舍难忘，甚至不想迈出离开的脚步。那些途中的欢声笑语，那些情深义重的酒，那些江岸的奇风异景，那些江中的故事，像一首诗蕴染在心底，清晰而隽永。

怒江行，一次相见，一次心跳，一行诗歌，一幅画，已足够。

中山怒江云雾

## 上天恩赐的温暖

上苍厚爱庶民,洪荒时代留给芒市人家几多温泉。在婀娜多姿的竹林中,在葱茏苍劲的榕树下,在风光秀丽的坝子边沿,分布着清澈透明、温馨如意的天然温泉,其中法帕温泉、坝竹河温泉、瑶池、芒留氡泉等几个温泉最具特色。温泉与大自然中的远山近水融为了一体,民族文化与自然景观珠联璧合,相映成趣,涵盖了山峦、森林、溪流、河水、沙滩等多种实体,傍青山、隐密林、背山面水,享誉四方。

### 法帕温泉:佛祖的一钵热水

法帕尖山,俊秀挺拔,翠竹摇曳,茂林风华,石道幽静,金光灿烂的尖山寺矗立峰顶,沐浴在佛光下的温泉,感觉传说是真的。

在芒市的西南方向有一座傣族南传上座部佛教的尖山寺,远处眺望,佛塔若隐若现,点缀着朦胧的青山,当地人谓之尖山寺。沐浴拜佛也好,休闲养生也罢,无疑是个好去处。尖山脚下有温泉,人们趋之若鹜,许多人从孩提时代就与泉水相恋,直到耄耋之年,依然难以割舍,一生一世牵挂着氤氲笼罩、舒适惬意的一潭温波暖流,洗去的不仅仅是红尘污垢,更有世间烦恼。

法帕温泉水温在46℃左右,泉水清澈无毒,属碳酸盐泉类,沐浴后皮肤光滑细腻。温泉的历史依附着一个令人欣慰的故事。相传,远古时代这里的水寒气彻骨,经常暴发疾病,

人畜死亡，人们过着痛苦不堪的生活。佛祖得知后就将一钵热水泼了下来，热水顷刻间化作温泉，救活了全寨的百姓和猪马牛羊。为了感恩佛祖，人们在400多米高的尖山上修建了一座佛寺，叫尖山寺。尖山寺与温泉相连，山势挺拔俊秀，竹木苍翠，奇石丛生，登山观塔之人很多。另外，据傣族历史记载，早在两千多年前，温泉就被人们发现和使用了。温泉附近有一个庞大的傣族王国，叫"果朗王国"，英俊潇洒、风流倜傥的果朗王经常骑着大象来沐浴。每当国王离开后，大象便烦躁不安，挣脱缰绳，冲进田野糟蹋庄稼，百姓叫苦不迭。后经高人提示，国王在温泉上游获得一根拴大象的石桩，称为"拴象桩"。从此，大象安静温顺，不再侵扰百姓。

1956年，芒市举办中缅边民联欢大会前，政府在这里建盖了新房屋，设置了浴室、浴池，作为中缅两国的总理和来宾沐浴休闲之地。近年来，随着开发工作的不断深入，相关基础设施已大幅度改善，温泉资源得到充分利用。法帕温泉早已成为康体休闲之地，声名远扬。

❶ 法帕尖山寺
❷ 法帕温泉度假村

## 瑶池并不遥远

传说中的瑶池是西王母居住的地方,在遥远的昆仑山上。遮放的瑶池位于遮放坝的芒棒村,离320国道仅几千米,交通便捷,往返顺畅。人在瑶池,回归自然,沐浴于此,男女间似乎不太禁忌,有些返璞归真的味道。

走进遮放的芒棒村,就能体验遮放的瑶池。

遮放瑶池

进村的道路是用水泥块铺就的路面，路边各种颜色的三角梅争先恐后地盛开，保留完好的傣族传统特色民居，掩映在繁花绿树中。沿路打造的民族文化墙给人留下深刻印象，上面有"知书达理""言传身教""处事干练""孝敬公婆""爱护小辈"等村规村训。走过村子，穿过凤尾竹的绿荫，在一棵苍老古朴的大榕树下，人间瑶池即刻闪现在眼前，泉眼四周，花卉铺陈，流水涓涓，暖烘烘的温泉滋润着一方百姓。

　　站在池边放眼一看，温泉上方的古树，盘根错节，枝干虬曲苍劲，缠满了岁月的皱纹。树根底部有三个洞口紧贴水面，高处还有几个洞，如同悬挂的"换气扇"。硕大的榕树像一把大伞，覆盖着整个池子，一年四季，遮风挡雨，牢牢守护着泡浴的人们。看着池子里的水，仿佛看见在缅甸那个被誉为"世界上即将消失的最后一个群岛"——丹老群岛的碧海银沙。

　　榕树的根部常年浸泡在热水里，枝叶并不枯萎，反而还特别茂盛，他们就像一对恋人，水给榕树无穷无尽的温暖，榕树忠贞不渝，海枯石烂，泉水不枯，泉石不烂，熔铸了地久天长的爱情之歌。如果想了解温泉与榕树的秘密，可以带上手电，一步一步向洞口走去。进到洞里，会发现里面很宽阔敞亮，突然间有一种

遮放瑶池

"泉眼无声惜细流"的悟然。洞内上方空旷，有三米多高，呈渐渐收拢的趋势。下方可容十人左右。自然形成的碳酸盐石台阶上可以摆放洗浴的什物，自然形成的小平台给入洞沐浴者提供方便。顺着光滑的石壁，沿着容一人走动的水道，大约四米之外，从树洞深处涌出两股水，左边是冷水，右边是热水。热水50℃左右，流着流着相互间便交融渗透，调节成最适宜人体的水温。

平日里，田间地脚收工的、牧归的、赶集的、劳累一天的人们总是要到这里泡一泡的。只要一泡，浑身的疲惫和困乏就消失了。大自然赐福于芒棒村及周边村寨这个温泉，而受益的不仅仅是附近的村子，其他乡镇乃至外市县的人也经常光顾。远方的游客也会慕名而至，领略芒棒寨子的傣乡风光，亲身感受温泉的魅力，愉悦之旅留下美好的记忆。手机摄影、手机录像，人人忙得不亦乐乎，精彩的画面通过微信传向四面八方，与亲人或朋友分享快乐的时光。

旁边还有一个四四方方的池子，被称为"老妈妈塘"，据说可以祛风湿、除寒气、疏通经络，来泡的老人居多。如果有兴趣，可以和池中的老人搭讪，他们会讲述关于瑶池的传说。

据说，很久以前村子里来过一个半仙，告诉村里的人，这个温泉是佛祖恩赐的，免费供给人们泡浴，任何人都不可以收费。所以多少年来，瑶池来者不拒，无偿供世人享受。人到瑶池，半个铜板的气息也闻不到，不带有任何商业的味道。在佛祖的境界里，世人不论贫富贵贱，地位高低，都是平等的。瑶池之水，不卑不亢，均衡着人们的心态。

喜欢读书的人，一定读过很多书，书上有关于"春秋"的解读。"春"是清明前后二三月，"秋"是秋天八月十五前后，气候是最平衡的、温和的，不冷不热。遮放树洞温泉也正蕴藏着这种法平如水、清廉如水的大和精神。

# 填补传说的空白

作为一种人文历史，景区的诞生往往依附着一个古老的传说，传说出现的时候就定格在那个时代，但它似乎预示了后来要发生的变化，此山此水留下了许多空白，期待后人来填补。当时光的流线延伸到新的时代，传说会变得更加美丽和神奇。故事从历史的远方走来，融进日新月异的景象，今人今事满含韵味，值得观赏和玩味。简而言之，这就是文化底蕴、是文化内涵。

## 一箭之路

最强硬的弓弩射程不会超过一百米，一箭之路并不起眼，可是，诸葛亮的一箭之路令入侵者目瞪口呆而又不得不服，因为箭头确实落在几十千米之外。

孔雀湖位于芒市城东，是绿孔雀栖息之地，湖面形状酷似一只开屏的孔雀，故称孔雀湖。湖水像一块无瑕的翡翠，闪烁着美丽的光泽，在阳光的照射下孔雀湖变得波光粼粼，山林倒映在清凌凌的湖水里显得更绿；蓝天倒映在清凌凌的湖水里，显得更蓝；云朵倒映在清凌凌的湖水里，显得更白。早晨的景色更富有诗意，轻纱笼罩的湖水，温柔碧蓝，为佛教圣地雷崖让山添加了神秘色彩，是画家的意境，是摄影家捕捉的景致。早在古代，这里就是一个天然大湖。相传，孔雀湖一带曾被缅人侵占，诸葛亮南征时在湖边安营扎寨，由于兵力有限，不宜强攻硬拼。为虚张声势，迷惑敌人，诸葛亮想出锦囊妙计，命

❶❷ 孔雀湖

士兵们夜间离开营地，白天装扮成老百姓，排成长队来报名参军。现场锣鼓喧天，热闹非凡。这种现象一连持续了很长时间，缅人判断蜀国已经兵强马壮，内心产生了恐惧。一个漆黑的夜晚，蜀兵将点燃的香绑在猪牛羊和鸡鸭鹅的脊背上，诸葛亮举起神鞭，劈断山脉，顿时，湖水喷涌咆哮，大批牲畜、家禽顺水而漂，香火万点，加上一片喊杀声，犹如千军万马冲锋。敌人被吓得魂飞魄散，向缅甸方向溃败。战斗结束时，缅人问诸葛亮要退让多远？诸葛亮回答说，要退让一箭之路。对方窃喜，知道一箭之路并不遥远。可是，缅人朝着射箭的方向一直寻找，直到畹町河彼岸才发现铁箭插在那里。孔雀湖与畹町相隔六十多千米，距离很远，但因有言在先，缅人哑口无言，只好照办，全部退过畹町河，以河为界，互不侵犯。

诸葛亮谙熟地理风水，认为孔雀湖山势犹如卧龙伏虎，能孕育草头王，不利于国家统一。所以在劈断山脉的时候就留下誓言：让此山断裂一万年。之后，湖水干枯，留下一个巨大的缺口，离缺口不远处有个村寨叫"万段"，因诸葛亮的故事而得名。"万段"并没有断开一万年，到20世纪50年代，国家兴修水利，万民响应，缺口被修复，消失一千多年后的孔雀湖再次回到世人眼中，波光粼粼，黛山倒影，美丽至极。古老的万段村也重新更名，变成现在的户允村。

## 孔雀谷传奇

孔雀，在傣族人民心目中是吉祥、美好、幸福的象征。自古以来，傣家人与孔雀结下了不解之缘。在佛经里有孔雀的记述，在传说里有孔雀的身影，在现实生活里有孔雀的图案。

芒市是孔雀之乡，孔雀谷就是孔雀的帝都。很久以前，芒市坝遭受了罕见的大旱，森林枯萎，河流干枯，人们无法生存。山下住着一户人家，家里只有母子二人，儿子名叫幸福，高大健壮，一身武艺，可是面

对久旱无雨的灾难也束手无策。一天，母亲把幸福叫到跟前说："儿啊，听说在很远很远的地方，有一只孔雀公主，能解脱人间的苦难，明天你就去寻找她吧。"幸福背着钢刀走了七七四十九天，途中与虎狼厮杀，与毒蛇决斗，历经千难万险，可谓九死一生，抵达孔雀谷的时候已经伤痕累累，只剩下半口气了。孔雀公主赐给他一枚红宝石，一枚绿宝石，告诉他，绿宝石放在河里，红宝石埋在土里，一切就会好起来。幸福返回的时候不到半个时辰就进入芒市坝，原来孔雀公主为了考验幸福的意志，故意设置了千山万水和重重障碍。其实，孔雀谷离芒市坝不远。幸福回到家乡后，按照孔雀公主说的去做，果然灵验。绿宝石放在芒市大河里，河水喷涌而出，奔腾不息；红宝石放在大山里，树木变绿，青翠欲滴。从此，芒市坝子年年风调雨顺、五谷丰登。

孔雀谷沉浸在历史长河中，历经悠悠岁月，景色依然，美丽犹存，世人没有忘记孔雀公主的恩情，把美好的传说储存在记忆里，世代相传。

百年如梦，千年等一回，孔雀谷迎来了风华盛世，它以独有的风

芒市孔雀谷景区

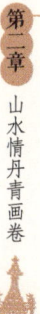

姿、华美的盛装、神奇的意蕴飘然面世，端坐于芒市南天门放马桥，被命名为"芒市孔雀谷森林公园"，蓝天、白云、森林、鲜花和碧水组成一幅壮美的画面。一片宽大的原始森林，充满了回归自然的感觉，占地面积15003亩，规划面积7800亩，建筑面积127.5亩。景区的主题是森林和孔雀，由八大核心区域构成，分别是傣族文化园、景颇族文化园、德昂族文化园、傈僳族文化园、阿昌族文化园、生态茶园、大型孔雀谷花海和滇西抗战遗址观景台等不同景观。围绕吃、住、行、游、购、娱六大要素实施硬件建设，缔造养生、休闲、娱乐、观光为一体的高端旅游景区。

孔雀是幸福吉祥的化身，是消灾免难的福星。它们栖息在秀美的山水间，既是自然实体，也是精神的产物，历史书写了传奇，现实更加光鲜灿烂。故事流淌千年，孔雀谷美不胜收，游人至此，留下美丽的怀想。

芒市孔雀谷景区

# 水润遮放

传承与保护是一个亘古不变的话题,在时空交汇的节点上,留住文化根脉,守住民族之魂,让这个百年古镇美丽和谐、民族团结、生态文明、古韵留香。世间万物,都在水里。

一

"什么看不透,去看看水;什么都看透了,去看看水。"喜欢这句话,如同喜欢一马平川的遮放坝。

遮放是有故事的。

故事中的遮放,处处是亮点,处处有文章。两千多年前,遮放就是"博南古道"经过的地方。由于地理位置特殊,"一江两河"(龙江、芒市大河、南木冷河)在这里汇集,形成遮放盆地。雨润水泽,万物之本,丰沛的水源水量,一汪一汪的水,一泓一泓的水,纵横着、交叉着、贯穿着,织就一个水汪汪的遮放。

## 二

走近遮放允午村，会让人突然想起阿来的"一滴水经过丽江"。

允午村又叫凤凰村，村民已经在这里繁衍生息无数代。据说在遥远的年代，遮放这个地方并没有大米。允午村有一个傣族青年，勤劳勇敢，跟母亲相依为命，靠狩猎为生。一天，青年捕获到一只金凤凰。回到家里，他拿起刀子正要准备宰杀它，突然凤凰说话了："大哥，我家里也有阿娘要奉养，求你放了我吧，我会感激你的大恩大德。"说完流下了眼泪。善良的青年惊呆了，随即想道：既然这么可怜，我们再穷也要把它放回家。

凤凰离开时，从身上拔下一根羽毛："你是我的恩人，今后如碰到困难，只要用火点着羽毛，我就会来帮助你。"说完，展开翅膀飞走了。第二天开始，连续下了三天大雨，母子俩被困在家里，揭不开锅。为了照顾母亲，青年照凤凰的吩咐，用火点燃了羽毛。

凤凰很快飞来了，从嘴里吐出三粒谷子。青年把谷子撒进水田里，一会儿工夫，谷种就发芽、长苗、扬花吐穗，一眨眼的工夫就变成一片沉甸甸的金色稻谷。从此，遮放地区的老百姓就学会了耕种水稻。农人躬耕劳作，洒下辛勤的汗水，过着自食其力的生活。

又一年，佛祖来到遮放传教，当地的老百姓把谷子去壳，做成米饭奉献给佛祖。佛祖看见这里的米饭晶莹如玉，香软可口，非常开心。但他发现很多人都面黄肌瘦，精神状态不足，原来，这里的谷子特别高大，颗粒稀少，生长期较长，从栽下去到收割要两年的时间。于是，佛祖就请天上

**贡米基地**

的王母娘娘把她的瑶池降到芒棒村，增加田水的温度，缩短谷物生长期。从此，稻谷一年一熟，产量大增，农人过上了衣食无忧的生活。在众多的水田中，遮放的允午之地具有得天独厚的自然条件，水稻吸纳天地精华，米质优良，成为谷中极品。到明朝年间，遮放土司多思谭平定地方叛乱有功，受到朝廷嘉奖。多思谭赶着大象，携带优质大米，不远万里进京朝拜。天子品尝来自南国边陲的软米，龙颜大悦，钦定遮放米为"贡米"。多思谭在京游度三年返回家乡，消息传遍四乡八里，产自允午的"遮放贡米"享誉神州大地。

种水稻，收与不收在天，收多收少在水。佛祖把王母娘

娘的瑶池赐予遮放,而遮放的米,在不同的时代也发挥着不同的作用。它以一种温暖的方式,让历朝历代的人们感受着遮放米的福祉和水的庇佑。

三

《红楼梦》中贾宝玉说,女儿,是水做的骨肉。

每次提到遮放小毕朗米业,大家就会想起看到的这一则报道:"等你们考取大学,有困难来找'咩吧'。"这是米业创始人傣族农村妇女线小晃在一次爱心大米捐赠仪式上说的话。

遮放镇贡米收割

一人多高的毫木西谷子

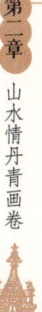

　　出生在允午村的线小晃，没有机会进入高等学府深造。和所有的小伙伴一样，在该出嫁的时候也就嫁人成家了。成家后，夫妻两人守着十亩水田面朝黄土背朝天地盘生活，线小晃看不到让家庭走向富裕的希望。一个人，如果戴着脚链手铐是没有办法跳舞的。线小晃不满足现状，打开思想的禁锢，开始走向市场，做一些零散买卖，前后做过倒转辣椒、收购油菜籽等生意。平平仄仄的经历，让线小晃坚定了做生意的信心。傣家女人的细心，促使她发现了自己身边的商机。她决定利用自己出生地——贡米基地允午村的优势，凭借自己对稻田、稻谷品种的熟悉，以及"遮放贡米"的品牌，于2005年成立了大米加工厂。

　　一方水土养一方人，水做的女子，有水一样的胸怀。积累

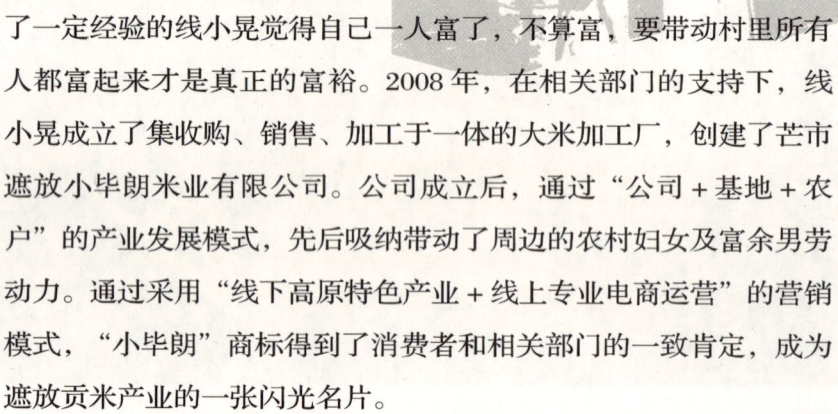

了一定经验的线小晃觉得自己一人富了，不算富，要带动村里所有人都富起来才是真正的富裕。2008年，在相关部门的支持下，线小晃成立了集收购、销售、加工于一体的大米加工厂，创建了芒市遮放小毕朗米业有限公司。公司成立后，通过"公司＋基地＋农户"的产业发展模式，先后吸纳带动了周边的农村妇女及富余男劳动力。通过采用"线下高原特色产业＋线上专业电商运营"的营销模式，"小毕朗"商标得到了消费者和相关部门的一致肯定，成为遮放贡米产业的一张闪光名片。

羊羔有跪乳之德，乌鸦有反哺之恩。线小晃从一名普通的傣族农村妇女，成长为德宏州的巾帼致富能手。在带领广大妇女共同致富的同时，捐米捐物捐钱积极回报社会，奉献爱心。一如一滴水，只有流入大海才永远不会干涸。

## 四

遮放的水，"和其光，同其尘"，即使蛰伏地下千尺，依然清澈。

坐落在遮放弄坎江边的洞尚允，有座金塔叫芒丙佛塔，也称孔雀王子金塔。佛塔建在距今有300多年历史的榕树群中，古木葱茏，绿荫华盖，与以往的塔最大不同之处在于有一尊观音菩萨塑在

那里。游人对旁边的一尊佛像抱着一个妖魔的大腿紧紧不放感到困惑，不解其意。对此，熟悉佛教文化的郑建邦老师的解释是：在南传上座部佛教经典——《杂宝藏经》中，记述佛在舍卫国降伏外道六师的故事。这个族群称尼犍子，他们的精神领袖被佛教化后，其族群欲集柴自焚！佛制止，令火不燃，并从火中抓出他们！同时，郑老师对于佛塔前塑观音的解释是明代末年，土司进贡大米给皇帝，皇帝留土司在宫内数年。后来，土司看见皇帝崇佛也崇观音，回到遮放后，命奘寺把观音塑上。当然，关于这个问题，我有另外一种解释：因这个地方地理位置特殊，三方地界，普度众生，于是塑上观音。

## 五

人们对水有"上善若水"的比喻，有"水利万物而不争"的评价。

遮放的水也正是这样，冲刷着当地民俗民风与时代的脉搏，滋养着万顷田畴，哺育着生于斯长于斯的各族儿女，培育出他们骨子里、品性中集水百德、汇水百美的精神气质，在遮放这片底蕴深厚、文脉绵长的土地上不断显现。在繁华落尽、歌舞深处，我们看到最原始、最厚重的安静，足以让灵魂歇息。

# 走进勐戛

有许多古镇声名远扬，有许多古镇鲜为人知。地处云岭高原西部中缅边界的勐戛，远离繁华的都市，隐藏在边陲一隅，世人知之甚少。"勐"含有肥沃、广袤、物产丰富的意思，是一个领主管辖的区域，通常是指一个较大的地方。"戛"在傣语中是宝贵、珍贵的意思，也指荃菜。由此可见，"勐戛"就是灵秀富庶的珍贵之地，是最适合人类居住的地方。

## 粉墙黛瓦人家

勐戛古镇有自己的内涵，古屋、古庙、古桥、古树、古玩，古意浓浓。还有上古时代留下的古溶洞，珍藏着一个精彩华丽的世界。

民居，作为传统建筑内容之一，因它分布广、数量多，并且与各民族人民的生活生产密切相关，故它具有明显的地方特色和浓厚的民族特色。勐戛老式民居普遍为木架穿斗房，人们称为"五架梁"，即五排木柱，每排五棵柱子。临街的居民面楼相连，铺面相接，形成长廊。其中有些楼阁吊柱垂悬，屋梁外檐部分龙凤呈祥，方格木窗古朴典雅，板壁上刻有文字，多处可见"物阜年丰""紫气东来"等字样。

现今保存下来的李家大院比较完整，屋架、屋面及墙壁基本上还是原来的模样，已经有一百多年的历史，烙印着七八代人的痕迹。大院不但布置工整，建材质地上乘，而且装修精美，古色古

香，儒雅大气。板壁上刻画出漂亮的图案，题字文质彬彬，内容含蓄，意境深邃。如"座有兰言""柳荫放战马，虎帐夜谈兵"等都有历史典故。西厢房"黄桃学金母，蜂翅比红儿"之图文让人想起唐代后期的故事，当年的官妓杜红儿秀外慧中，美得沉鱼落雁，其才貌超越群妓，同代世人罗虬作《比红儿诗》赞之："置向汉宫图画里，入胡应不数昭君。""神仙得似红儿貌，应免刘郎忆世间。"全诗共百回，修辞手法应用到了尽兴尽致。红儿之美，世人无不惊叹，连轻盈漂亮的黄蜂也想攀比一下。西厢房为女家眷房室，匠心打造，由此可见旧

❶❷勐戛李家老宅

时房主的文化造诣。时逾百年，游人至此会留步揣摩，之后会意地离开。

　　番家大院位于勐戛二村，同样是一栋保留比较完整的古民居。正房坐南朝北，与厢房、面楼组成四合五天井格局，属典型的中国汉式传统建筑。主人籍贯腾冲，迁徙勐戛约160年，在勐戛居住8代人。古屋始建于1918年，历时3年竣工，占地面积240平方米；建筑采用清一色楠木树，檩、柱、梁（柁）、槛、椽以及门窗、照面等均为木制，木制房架子周围则以砖砌墙；主房为方柱，照面、挂方等多处雕刻龙凤，有山水、花卉和行书等装饰，图案精美，佳句点缀，给人以优雅、舒适的感觉；东厢房二层三开间，北厢房二

勐戛三仙洞

层二开间，厢房圆柱落地，吊柱垂悬，瑞兽慈祥、安静，花卉漂亮、自然；大门位于四合院西北角，二进门，防护严实，关起门来，自成天地，具有很强的私密性，适合独家居住；屋面为硬山式结构，两侧山墙屋面齐平，有利于防风火。从总体上看，番家古居布局严谨，讲究坐向、主次、对称，室内均衡、堂皇，格调典雅、庄重，表现了儒家正统文化的审美旨趣和高度的建筑水平。迄今为止，古屋历史上百年。2012年6月30日，芒市人民政府已将其列为第三批文物保护单位。

小镇花红柳绿，环境颜色丰富多彩，雪白的墙壁，青黑的瓦，在阳光照耀下，房子的颜色显得宁静素雅，尤其是夏季，给人以清爽宜人的感觉；一些房屋安置在河边，小河从门前屋后流过，取水非常方便。水围绕着民居，民居因水而有了灵性。

## 不游不知道　一游喜眉梢

三仙洞从太古时期走来，打开与世隔绝的窗口，把一个魔幻般的世界展示给世人，空灵奇妙，令人神往。

世界上最奇妙的艺术莫过于大自然的神来之笔，总以卓越的想象力和高超的技艺演化自己的杰作，装点山河，留给世人无限的想象空间。让人费解的是诸多不朽之作似乎都是取材于大千世界，有与之相对应的事物，是人的想象太丰富，或是纯属巧合，还是另有玄妙，不得而知。芒市的三仙洞就是如此，不游不知道，一游喜眉梢。

芒市三仙洞位于勐戛镇三角岩村的悬崖绝壁之上，形成于晚期二叠纪时代，距今265万年，是清代开发的天然溶洞。三仙洞悬于半山绝壁上，分上下2层，上下洞构成天然进出口，有16个厅堂，120余个景点。洞内空间最高达30米，横跨最

宽处50米，目前已修凿游览路线2000多米。洞内清风习习，凉爽宜人。

进入洞内，只见钟乳倒悬，石花锦簇，珍珠垂帘，钟乳倒立，石笋丛生，石柱挺立，姿态万千。洞内景观，神秘莫测，令人浮想联翩，如雄鹰卧巢、孔雀昂立、翠鸟迎宾，栩栩如生，惟妙惟肖，令人目不暇接。洞内石壁完整，胶结稳固，石壁泉珠晶莹透亮，滴水成池，既有宏大壮观的气势，又有玲珑剔透的秀色。最动人心魄的是洞内景物会眼随心动，景随心生，时而如嫦娥奔月；时而如飞流千尺，水花四溅；时而如迷宫探宝、秘不可测……其美景多如繁星，真是一步一景、一眼一景，而且唯我独有的景观比比皆是，每到一处，都生出一分惊喜，生出一分感慨。游完洞内景观，走出洞外，又是另一番景象。

洞外有三座小山，山上松林、茶园、果树茂密繁盛，连为一体。最吸引人的是茶园中那片野茶林，林中有二三百棵老茶树，每株树龄都达百年，开出的九瓣茶花，蔚为壮观。眼看茶园、松林、果树连绵不断，耳听山涧清溪细水长流，景色秀丽多姿，清爽宜人，像是走进了陶渊明笔下的桃花源。

让人称奇的还有洞内的光线，各种色彩的光线，将形状各异的

各种石笋、钟乳石、石柱、石幔、石花，渲染成逼真的各种动物，构成一个充满灵性的景观，千姿百态，神秘莫测。石柱中最具当地特色的要数"傣家三佛塔"，三座佛塔高矮不尽相同，并列立在一起，十分形象。由石幔形成的"野象谷"圆润敦实，恰如一只只大小象在相互嬉戏。洞内还有"孔明灯""摇钱树""千瓣莲花"等多个景点。在洞内步行游览时，途中不时会遇到直上直下比较狭窄的石壁，过往游人或弯腰或欠身，须相互避让才能通行。有游客说，游完三仙洞，你便学会了恭谨谦让。

关于三仙洞，还有一些美好的传说。《龙陵志》记载："有石佛三，自然生成，不事雕饰，世人遂称为三仙洞。"据说这"石佛三"也就是"三身一体石佛"，是很久以前三大土司头领死后所变，喻示土司后代应该团结如一，方可永保和平的真理。说来也真是神奇，自从人们发现了"三身一体石佛"之后，当地的三大土司：芒市土司、遮放土司以及勐板土司之间，400 余年都没有发生过战争，直到解放后解除了土司制为止。民间还流传着一种说法，说洞有嫦娥、狐、猴三

仙，常显灵，福佑乡民，故此称为三仙洞。如果将三仙洞美丽玄妙的传说，与洞内美景相融合，游览兴致便会达到极致。

大自然总是在不经意间将一种平凡化为神奇，而神奇的溶洞堪称大自然的艺术宝库。如果把黄龙洞、腾龙洞、织金洞、芙蓉洞、雪玉洞称为中国最美的五个溶洞，那芒市三仙洞，应该列为中国第六个。虽同为喀斯特地貌，但芒市三仙洞有自己的内涵，有溶洞景观中另外一个版本，它给人的惊喜绝对超乎想象。

## 神秘山谷龙海子

在勐戛镇的北部有一座神秘而美丽的山谷——龙海子，它以独特的自然地理景观深深地吸引着远近的游客，近年来更成为各种驴友、骑行者的网红打卡地，也成为芒市人周末度假休闲的绝佳去处。

❶ 团箐桃子
❷ 团箐桃花

龙海子在地质学上是云贵高原最常见的喀斯特地貌，具有溶蚀力的水长期冲刷石灰岩后，岩石中可溶于水的物质被水流带走，从而形成形态各异的地表和地下形态景观。地表出露的主要为溶沟、石芽、落水洞，其中以落水洞最具代表性，由于出露的位置或明或暗、形态大小各异，至今没有任何人能够调查清楚龙海子落水洞的数量。

龙海子地下隐藏着一条巨大的暗河，暗河常年流水，趴在一些落水洞的洞口，耳朵贴地仔细聆听，有时候还可以听到地下暗河传来哗哗的水流声。地下暗河通过各个落水洞与地表相连通，旱季地表水通过落水洞流入地下暗河，雨季来临地下暗河的流水突然增大，于是浑浊的洪水通过落水洞涌出地表，整个山谷变成了一个巨大的海子。地下暗河中的生物自成生态体系，地下水涌出时，生活在暗河中的鱼虾也纷纷跟着水流来到地表，最常见的就是当地俗称荷包鱼的鲫鱼。这些鱼由于常年

团箐桃花

生活在黑暗的地下，视力退化眼球异常鼓出，当地人常常根据这个生理特点判断是不是来自龙海子的鲫鱼。每年的雨季，常常有人驾着竹筏在海子上捕鱼，网到一两斤的鲫鱼是常有的事情。每年的10月份左右，随着降水减少，龙海子的水位也逐渐降低，最终水流通过落水洞回落到地下暗河，地表又恢复绿草茵茵的草甸模样。

龙海子分上海和下海，落水洞各有其名，各有故事。上海有打靛塘、马槽塘、洗马塘、半缸井、张家崖房等；下海有牛奶洞、大落洞、匡家崖房、撵鸡山洼子、邓家小鱼塘等。

大落洞位于下海东北方，大落洞是整个龙海子发育规模最大的落水洞，洞壁垂直，洞口巨大，周围被大大小小、形状奇特的石芽紧紧包围着，石芽有些像一波波的海浪，有些像一簇簇的莲花，有些像张牙舞爪的怪兽……据当地人描述，每到洪水涌出地表的时候，大落洞是第一个冒水的洞穴，肉眼可见密密麻麻的鱼类伴随水流喷涌而出，这种景象在别的洞口是看不到的。因此每年的此时，有些胆大、经验丰富的当地人会特意赶来捕鱼，往往收获颇丰，但这是极为冒险的行为，水势太大时稍有不慎便会卷入激流当中。

打靛塘是一个近圆形的池塘，位于上海的东北方。它的落水通道位于

西侧的崖壁，池底比落水洞位置低，故常年有水，水质清澈见底，与下海雨季浑浊的水质明显不同，所以人们推测其地下通道自成体系，不与地下暗河相连通。据当地老人讲述，1924年的夏季暴雨连绵不绝，上海、下海一片茫茫。有一个人路过此地，看到两条巨大的鲫鱼带着许多小鱼在水面上追逐戏水，景象极为壮观。他即刻回家拿来捕鱼工具，准备捕捞，可待他返回时鱼儿已经消失得无影无踪。此人回到家中顿感身体不适，当天就暴病而亡，人们纷纷传说那两条鱼是海龙王的化身，因为他心存不敬冒犯了海龙王，海龙王降罪于他，所以他不得善终。这种说法虽然太过唯心，但从中可以感受当地人对自然和生态的敬畏，心存敬畏才会下意识地去尊重和保护，龙海子的自然景观和生态环境才能历经千百年保存至今。同时这种传说也无形中增加了龙海子的神秘感，从中也可以窥见当地人对龙图腾崇拜的一角。

半缸井是一个圆形的池塘，从外表看不到任何与地下暗河连通的通道。但令人感到神秘莫测的是无论水、旱，半缸井始终保持着半塘水的固定水位，这种现象至今没人能够解释清楚。近年，离奇的事情再次发生，半缸井突然悄悄移动了位置，原来的水塘突然干涸，而在距离原位置约100米的张家崖房下，地面突然陷落形成了一个圆形池塘，依然保持着这半塘水的模样。

岩房一般是位于半山坡，山洞上部是直立的石壁，下部是平坦的岩石，形成一个具有天然屋顶的横穴，最初发现此地的人称其名为张家岩房、匡家岩房、赵家岩房等等。这种地形往往成为当地人耕种、放牧时避雨的最佳场所，形成了独特的自然和人文景观。下雨时，附近耕种、放牧的村民纷纷赶往岩房避雨，若雨势太大，气温湿冷时，人们便取出早已储存在此处的柴火生起火堆，聚拢烤火取暖聊天，岩房成为人们谈论家长里短、联络感情的场所。

牛奶洞位于下海的中央，平坦的草甸突兀地冒出几块灰白的巨型石灰岩，巨大的洞口就隐藏在这些石头中间，洞口倾斜着往下发育。坡度稍陡峭，人们可以小心翼翼地顺着洞壁滑下去，洞顶发育出犹如奶牛乳房的小型钟乳石，故名牛奶洞。清朝末年，最早移居勐戛的梅家出现了一位擅水性的男性，经常长时间憋气潜入落水洞徒手抓鱼。在某年雨季，他潜入牛奶洞捕鱼时满载而归，口中咬着一条大鱼，双手还分别抓着一条大鱼。出洞时，他头上的长辫子却不慎被洞壁的石乳头勾住，因不想放弃手中的大鱼去解脱辫子，最终力竭憋死在洞里。

龙海子在滇西抗战中也扮演了重要的角色，由于地形复杂多变，只有熟悉情况的当地人才能在其中来去自如。1942年5月占据芒市的日军第56师团派宪兵队进驻勐戛，当时活跃在勐戛一带的龙潞游击队充分利用龙海子的地形特点，藏身其中，对盘踞在勐戛镇的日军展开了游击战。遇有紧急情况，游击队员一瞬间在龙海子消失，就像从地上蒸发了一样，鬼子始终没有发现龙海子的秘密。

春季是大地复苏、万物繁衍的季节，也是龙海子最生机盎然的季节。草甸泛出了新绿，如同一条绿色的大地毯铺满了整个谷地，草地的颜色由山谷的小溪向周围由深至浅渐次变色。四周半山坡上的乔木林也绽出了新芽，零星分布的木瓜树在一片绿色中悄悄吐出了鲜艳的红色花朵，而黑果树也不甘寂寞，纷纷开出一簇簇的白色小花。为了显示自己与众不同的美丽，小小的花朵芳香四溢，随着春风微微吹拂，远远地便可以闻到一阵阵若有似无的幽香。桑树和羊

奶果树也偷偷结出了一串串顶着花朵的小果子。鸟儿在林子里筑巢繁衍，像人一样享受天伦之乐。

进入5月，野桑葚和羊奶果开始成熟，山谷间的溪流也渐渐活跃起来。这是抓草蟹的最佳季节。把溪谷的水流断开，草丛里、石缝间往往可以抓到壳薄肉嫩的草蟹，运气好的话，还可以抓到田鸡、马鬃鱼、沙鳅鱼等。

进入10月份后，降水逐渐减少，龙海子的洪水也逐渐消退，大规模的水体从落水洞流走，草地渐渐显露出来，虽然被水浸泡了几个月，但草地依然保持着青翠的绿色。随着地势的高低不同，草甸上出现了许多大小不一的水塘，水塘与草地交错分布，牛羊穿行其间，这可是一年之中最难得见到的美丽景致。数日之后，水塘也渐渐消失了，草甸恢复了原本的模样，重新变成了放牧的草场。

勐戛龙海子地质景观

勐戛龙海子

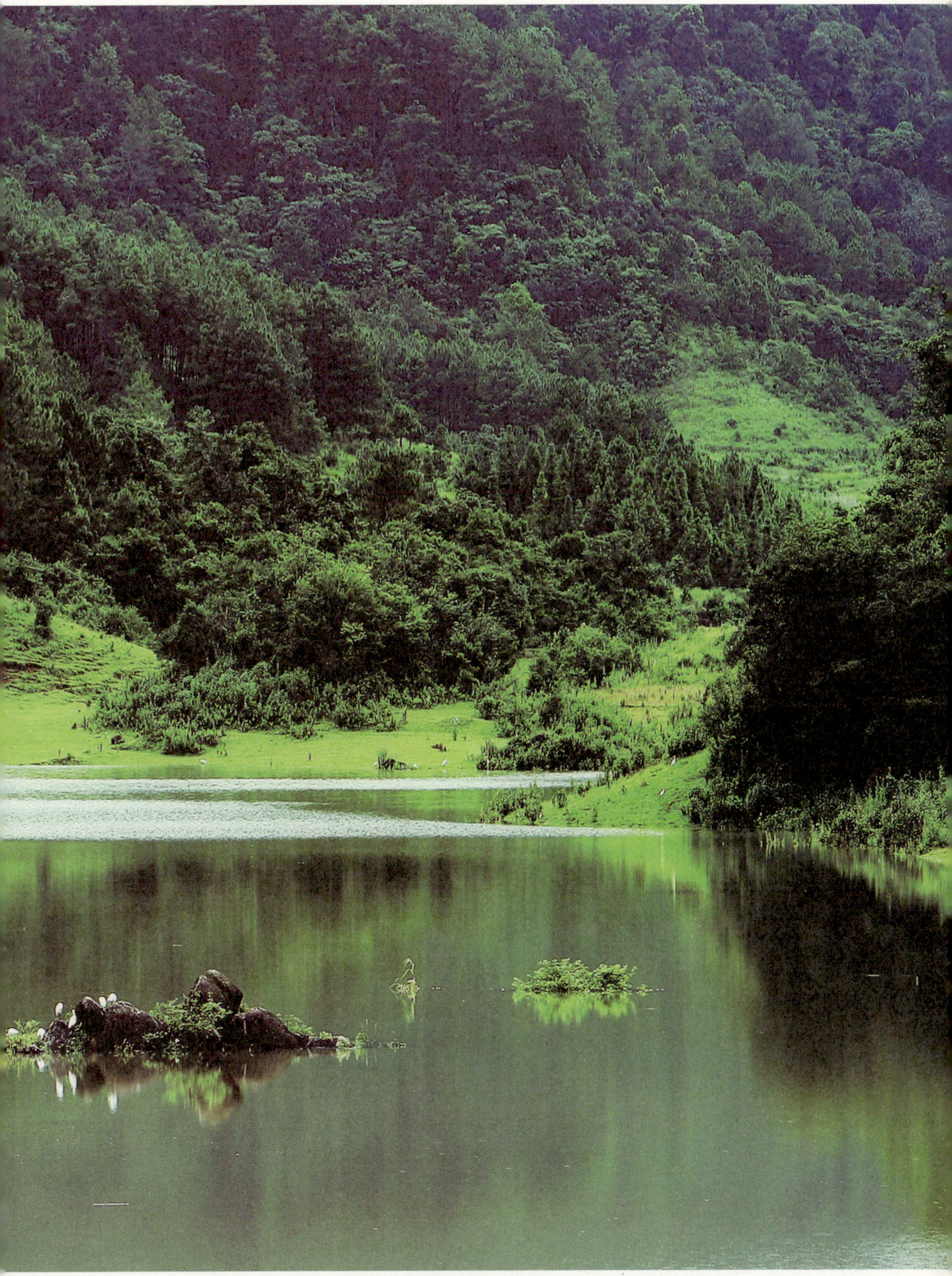

# 稀奇古怪珍奇园

  珍奇园蜚声华夏，拥有四项全国之最：古树名木数量之多、年代之久为全国之最；奇石、树化石，尤其是世界上罕见的树化玉，规格之大、精品之多为全国之最；大型根雕造型之美、形状之奇、品位之高为全国之最；大树移植数量之多、成活率之高为全国之最，堪称中国园林中的一朵奇葩。

  勐巴娜西是傣语，意为"神奇美丽富饶的地方"，以此命名的"勐巴娜西珍奇园"位于芒市勇罕街南段。整个园地占地400亩，共17个园区，范围宽大，古木庇荫，修竹掩映，环境幽静。园内精品荟萃，是一个神奇的世界。人到珍奇园，能看到世间闻所未闻的物体，其年代之久远、形状之怪异、类别之繁多、构造之精美、价值之不菲，远远超出想象。

  最先映入眼帘的是两座醒目的标志，一个是白龙亭，为傣族泼水节的标志，一个是景颇族目瑙纵歌节的标志。抬头仰望，观赏到珍奇园大门雄伟壮观的傣族建筑风格。继续前行，就能瞻仰国人与世人崇敬和缅怀的一代伟人周恩来总理的纪念亭。汉白玉的周恩来总理雕像栩栩如生，碑文上用汉语、傣语、景颇语三种文字撰写了1956年12月周恩来总理与贺龙副总理同缅甸总理吴巴瑞一行专程莅临芒市主持两国边民联欢大会的历史性事件。一旦深入园区，便开始展眸顾盼，一片赏心悦目的景象：古榕枝繁叶茂，葱翠碧绿；三角梅开得欢天喜地，浪漫无限；桂花吐芳，香溢四方。太古年间的植物仿佛抹去了时空的印迹，把飞星流月的无数个轮回变成昨天

**勐巴娜西珍奇园**

的记忆，生生不息，保留着远祖的模样和血统。园林集古朴、神奇、自然、典雅、绚丽于一体，含有丰富的文化和科研内涵，又是祖国大西南的植物基因宝库，堪称中国园林奇葩、华夏景观一绝。

珍奇园以"稀奇古怪"而引人注目，人来人往川流不息。

稀有之物的确不少，零距离的接触让人大开眼界。在世界上数量极少，难得一见，成为最后的念想，具有较高的保存价值，称为"稀有之物"。物以稀为贵，有生命的、无生命的相聚一处：一片树基苍虬、形状特别、白花清香、品入中药的鸡蛋花；一片冰肌玉骨、夏季绽蕊、花红似火的紫薇；一片古朴苍劲、八月吐芳、香溢数里的金桂；一片百年以上树龄的金刚钻，展示了典型的热带植物。其他各类珍稀植物也落户此地，成为稀有植物保护的典范，如莲台蕨、王冠蕨、红豆杉、铁力木、千年乌墨木、一叶兰、万代兰等。展厅里还陈列着旧时的工业用品，手电筒、照相机、钟表、饭盒、收音机、留声机、钢盔等等，颜色发黄，凝固着岁月的风云，一个时代已远去，但它的缩影留在这里。

奇特之物比比皆是，撞击心灵，夺人眼球。同名同类而鹤立鸡群，以独有的形状和个性展现于世人的眼前，称为"奇物"，诸如奇山异石、奇花异木、奇人异事等等。虽说世间无奇不有，但要在同一时间内欣赏各种奇物绝非易事。如果你有机会，亲临芒市勐巴娜西珍奇园，就可以轻而易举地实现这个愿望。各类榕树遒劲苍翠，枝叶茂盛，千变万化的气根构建了一个个童话世界，美妙神奇，萌发童年的幻想，那个虚拟的世界比书中描写的和电子游戏描绘的还要真实美妙动人。如果说气根构造奇特，那这里的根雕艺术同样让人目不暇接，龙、虎、狮、豹、山川古屋、断桥寒梅、祖国地图以及各种造型奇妙的植物一展风姿，气势万千。其思想性和艺术性达到更高的境界，不是匠人之作，而是似是而非的再创作。奇石与根雕经常是同在一个地方，供人们鉴赏。珍奇园的奇石被冠名为"镇园之石"，形状硕大，浑然天成，如同一只昂首阔步的大象。与巨型奇石相对而言，小型奇石也独放异彩，有能看不能吃的饕餮大餐，石头的颜色酷似美味佳肴，如腌制的腊肉、新鲜的鱼虾、营养丰富的甲鱼和刚出炉的蛋糕等，看着让人垂涎三尺。有各种各样的水晶石，红、黄、绿、紫异彩纷呈，与其他地方见到的水晶石似乎不同。有些石头很小，但你不能小看，小石头隐藏着大世界，或许它是一个宇宙的窗口。

古化石、古生物等都是历史长河的线头，蕴藏了千古之谜，年代久远并保存至今。让后人欣赏、品评的物质或非物质，称为"古董"。珍奇园的树化玉至少有一千吨之多，大小不等，形状各异，色泽多样，安放在各个位置，处处耀眼生辉。树化玉源于洪荒时代，其产生和演变究竟经历过怎样惊心动魄的历练，今人难以详细解释。此物被世人称为"植物舍利"，美丽、炫目中透出灵性。鸟巢蕨、鹿角蕨、莲台蕨等从恐龙时代走来，人类与如此古老的生命之物相见，应该说很幸运，假若能与之对话，也许能佐证一场地球的磨难。珍藏馆陈列着两千多件珍品，化石、水石、石胆、玉石、翡翠等压缩了亿万年的时光，目睹这些珍宝，思绪的速度会超过光

的速度，直击太古世界，凭借智慧与想象，缓解内心的困惑。

　　怪异之物给珍奇园增添了更多的神秘性，观者无不叹为观止。珍奇园之怪不含有任何迷信色彩，仅是物体在视觉上的反映，姑且称为"怪异之物"。稀奇古怪原本相连，珍奇园的许多物体就是如此，稀有之物，奇妙无比，古物罕见，怪模怪样。以一块被称为"石胆"的石头为例，形如条状，原色黝黑，质地细腻坚硬，抚摸时手感极好。表层铺陈着很多光洁的珠子，珠子陷入石体一半，忽大忽小，错落有致，晃眼感觉石胆有生命，一直在变化。人与之相遇在亿万年后的今天，石胆貌似刚走完自己的童年，正在长大。浏览根雕陈列厅，更是奇形怪状，有些千年古木，长相出乎意料，以其说是树木，不如说是一片山河，山体蜿蜒，峰回路转，多处峭拔林立，岩石横生，不得不被大自然的鬼斧神工所折服。

勐巴娜西珍奇园

# 第三章
## 民族情风情万种

芒市居住着傣族、景颇族、德昂族、阿昌族和傈僳族五个世居少数民族，明末清初汉族开始进驻，现有总人口44万人，其中少数民族人口占总人口约50%。各民族共同开垦同一块土地，在保持自身特质文化的前提下相互了解、相互尊重、相互包容、相互欣赏、相互学习、相互帮助，长期以来手足相亲、守望相助，文化的共性和个性并存，在语言、文字、科学、艺术、宗教、礼仪、风俗、节日和传统等方面各有千秋，异彩纷呈。

# 闪烁的文学之光

文学是故土之音，是心灵深处的呼唤和期盼，芒市大地云卷云舒，水乳山河，情满家园，各少数民族世代繁衍生息，文化人用手中如椽大笔，致力地方文学创作，写出了精品力作，传世之作。加工整理的民间文学故事跌宕起伏，地方色彩浓郁。尤其是诗歌，以史诗为代表的作品如长天朝霞，辉煌灿烂，风格独具，古典与纯美完美结合，想象力极为丰富，堪称史诗的天空。中华人民共和国成立后，新作者不断涌现，小说、散文见诸报刊，或结集成册。这些作品根植于南疆边陲，溢满了殷殷的民族情，散发出沃土的芬芳。

## 瑰丽的傣族文学宝库

傣族文学一向以"人性美与自然美交相辉映，形成了色彩斑斓的地域特点和浓郁的大森林气息"为显著特征，如果有人肯稍稍留意一下在当今文坛上并不起眼的傣族文学，就会发现，这个民族的文学根植于绿色的自然界，其灵性与根基，对美的理解和阐释，与世界各民族文学相比，其光芒并不会减弱。

傣族精神世界丰富多彩，具有独特的形象思维，漫长的历史，文学之花绽放异彩。从古代神话史诗、历史故事、宗教故事到训世箴言、文学唱本、天文地理、卜辞祷文、民歌等，不断地进行加工和创新，优秀的精神产品世世代代得到很好的继承和传播。总体上，傣族文学十分注重理想的表现，具有高昂的格调和浓郁的文化色彩，形成了以积极浪漫主义为主导的艺术风格。内容上，不仅受到内地各民族文学的影响，也受到南传上座部佛教和印度古代文学的影响。形式上，一般可分为诗歌、民间故事、寓言、童话、谚语等几类，其中以诗歌最为丰富，尤其是叙事长诗，其数量之多，艺术成就之高，在我国各民族文学中都是少见的。最著名的是《乌沙麻罗》《粘巴西顿》《兰嘎西贺》《巴塔麻戛捧尚罗》和《粘响》五部叙事长诗，称为"五大诗王"。其中《乌沙麻罗》长达十万行，是已知长诗中篇幅最长的一部。傣族的叙事长诗无论是内容和篇幅都要比世界"四大史诗"宏大。

传说多以诗歌为表现形式，以《阿銮的故事》为代表的一大批民间传说形成多姿多彩的傣族传统文学，包括神话、传说、故事在内，构成丰富的民间文学宝库。山、水、虫、鸟、花、草、木被拟人化，成为故事的主人翁，故事美丽动人。其中《阿銮的故事》有五百多个，不同的故事都有一个共同点，就是阿銮多出生在贫寒人家，历经千辛万苦，后来与国王或妖魔进行殊死的斗争。阿銮凭着坚毅的性格和自己的聪明才智，战胜了各种恶势力。里面的英雄人物表现了傣族的品质和理想，坚信邪不胜正，恪守真善美，对假丑恶进行无情的鞭挞。如：在泼水节的传说中，十二个妇女，为了人间免遭火灾，她们忍受痛苦，轮换抱着魔王的头颅，最终使妖魔的火焰熄灭。《穷人聪明富人蠢》的故事，歌颂了人世间真正的爱情，连皇帝也无法使他们闹矛盾。傣家人自豪地说："我们的阿銮故事，百十部牛车也拉不完。"各种故事流传古今，像芒市河的流水，千年万载，越流越丰富多彩，滋润着傣家人的心田，充满着傣家人的精神生活。

许多文学作品出自贝叶经。此书同样是一部宏大的文学巨著，其中文学作品占有很大的分量，仅《丘夏》汇集的民间故事就有六十个左右。内容丰富精彩，情节离奇曲折，跌宕起伏，人与人的故事、人与动物的故事、人与鬼神的故事、动物与动物的故事等等，引人入胜，生动逼真，扣人心弦。所有的故事皆由书中的主人翁丘夏讲述，这个才华卓著的人物，通过讲故事改变了一个残暴的国王，让他摒弃恶习，懂得治国之道。后来又帮助国王教育王子，使其健康成长，成为好王子。书中的好故事连连不断，而且故事套故事，前后连贯，诸多悬念难以释怀，读之难以掩卷。《一千零一夜》是世界名著，那个叫山鲁佐德的姑娘极为聪慧，每晚给国王讲故事，讲了一千零一夜，终于改变了国王要杀死她的念头并永远与她生活在一起。丘夏与山鲁佐德生活在不同的国度，他们采取了相同的方式，对国王进行教育启发，感化心灵，扭转了人生轨迹。《丘夏》一书世人知之不多，但它的文学光泽依然耀眼如辉。如果说《一千零一夜》的传说脍炙人口，令人难忘，那么，《丘夏》的故事同样是精彩纷呈、感人肺腑而又充满哲理。名著并不一定要名扬四海，当我们阅读一部古老的圣经的时候，同样会为书中的情景所震撼。虽然文学无法拯救世界，但它是人生的导向，心灵的灯塔。

作为信奉南传上座部佛教的民族，傣族的诗歌、民间传说、民歌、寓言、童谣等具有浓厚的宗教色彩，但绝大部分蕴藏着正能量，消极因素较少，英雄人物均一身正气，让邪恶不堪的反面人物一败涂地。多年来，通过长期的努力，大量有价值的傣族民间传说被发掘、翻译、整理出来，先后发表在各种报刊上，作品闪烁着人性的光辉，充满了进取乐观、积极向上的精神，宛如一幅壮丽的画，在祖国的文学宝库中独放异彩。

## 揣摩浩瀚的古歌

德昂族神话史诗的代表作《达古达楞格莱标》具有不可低估的文学价值，不是随便说说的故事，它是德昂族心目中的历史，是一条流经无数岁月的民族文化之河，是民族生活行为的教科书，是民族美学思想的集中体现，是德昂族生存与繁衍的直尺。

《达古达楞格莱标》是德昂语，意为"阿公阿祖的传说"。因

非遗传承人李腊拽给孩子们讲古

为德昂族没有自己的文字，为了让后世记住本民族的历史，继承先辈们的优良传统，总结历史经验和教训，他们以口耳相传的形式，世代传唱，逐步形成了一部史诗巨著，成为集体智慧的结晶。古歌内容十分广泛，包括世界和民族的起源、茶叶和粮食的由来、民族节庆以及服饰、建筑、历法、婚丧、民族迁徙等诸多方面。此书究竟有多少篇章、多少字，到目前为止尚未有确切的说法。但族人有自己明确的界定和认识，那就是"凡是祖祖辈辈一代代传下来的有关德昂族的传说内容"都可以称为《达古达楞格莱标》。许多人认为《达古达楞格莱标》纯属民族起源和茶叶来历的创世史诗，这种观点是错误的。

德昂族先民创作这一古歌，当时肯定无意将它作为文学来看待，但它流传至今，当人们那种视其为"天书"的心理逐渐减弱了的时候，它的文学的美感却相应地增加。可以说，这首史诗是一幅绚丽多姿的艺术长卷。从古歌本身来说，它具有震撼人心的不朽的艺术魅力；从创造它的民族的角度看，它集中地体现了这个民族的美学思想和品格。

第二章 民族情风情万种

**古歌开头,有一棵与众不同的小茶树:**

天空五彩斑斓,
大地一片荒凉,
时时相望的天地啊,
为什么如此大不一样?
茶树在叹息,
茶树在冥想,
有一株茶树想得入迷,
忘记了饮食,
忘记了睡觉,
身体消瘦脸色发黄。
它想呀想呀想呀想。
想了三百六十五天,
想了三百六十五年,
还是找不到答案。
茶树的怨气惊动了帕达然。
帕达然把茶树细盘:
"有什么疑问就对我讲,
千万不要胡思乱想,
一丝一毫的邪念,
也会带来万世难解的灾难。"
九百九十九棵茶树低下了头,
九百九十九棵茶树愁眉不展,
九百九十九棵茶树脸色发白,
九百九十九棵茶树发抖打战,
九百九十九棵茶树下跪磕头,
九百九十九棵茶树冷汗直淌。
只有一株焦黄的小茶树,

德昂族妇女在织锦

纹丝不动挺着腰杆，
抬头望着帕达然，
双眼凝视苦思想。
"尊敬的帕达然呵，
天上为什么繁华？
地下为什么凄凉？
我们为什么不能到地下生长？"
帕达然双掌合拢，

第三章 民族情风情万种

声音像洪钟一样：
"天下一片黑暗，
到处都是灾难，
下凡去要受尽苦楚，
永远不能再回到天上。"
帕达然的话像寒冷的冰霜，
打在每株茶树的身上。
帕达然的话像锋利的尖刀，
戳在每株茶树的心上。
帕达然的话像千斤铁棒，
砸在每株茶树的头上。
只有那株焦黄的茶树把话讲，
"尊敬的帕达然呵，
只要大地永远常青，
我愿意去把苦水尝。"
帕达然暗暗称赞，
为了开出繁华的世界，
再把小茶树来试探：
"小茶树呵要仔细想想，
　地下有一万零一条冰河，
一万零一座火山，
一万零一种妖怪，
下去要遭一万零一次磨难。
不像天上清平吉乐，
不像天上舒适安康。"
小茶树眨了九十九次眼睛，
掰了九十九次指头，
想了又想把主意打定：
"尊敬的帕达然呵，

德昂族妇女

请你开恩，请你帮忙，
让我到天下去把路闯……
小茶树的话还没有说完，
阵阵狂风吹得天昏地暗，
狂风撕碎了小茶树的身子，
一百零两片叶子飘飘下凡。"

　　德昂族人就是把这样一个不畏艰难、勇于开拓、勇于创造的"茶树"当作自己的祖先，这是他们所赞美的品格，所向往的美学理想。无疑，这是一种悲壮之美：明明知道前途的艰险与苦难，却不畏缩却步，为了理想的追求，不惜粉身碎骨。后来小茶树化成五十一对兄妹来到地上，经历了黑暗肆虐、洪水泛滥、恶魔猖狂、兄妹骨肉分离等诸多劫难之后，他们割下

身上的皮肉，将它们变为大地的衣裳。这是一个多么震撼人心的场面啊！它成功地创造了一个天人合一、人神混杂、诡谲丰富、瑰奇雄伟的美学境界。

德昂族这样的少数民族，民族的神话史诗不能单纯作为文学作品来看待，应从多学科的角度多方位地考察它的价值。民族民间文学作品源于民族的历史生活，而在它流传的同时，却又成为支持一定的民俗事象得以保存和代代相传的重要理据。而且，对于特定民俗文化情景中的人群来说，这些神话传说也会唤起特殊的美感，这是其他文化中的人士所难以体会的。因此，德昂族传世史诗《达古达楞格莱标》的价值是多方面的。神话是人类特定时代认识世界所留下的足迹，体现了先民们认识世界、描绘世界的卓越努力。古歌值得揣摩，发人深思，除文学价值外，还具有很高的历史学价值、文化价值、民俗学价值和伦理学价值。以历史学价值为例，《达古达楞格莱标》描绘了远古时代天地自然和人类所经历的巨大变故。从"大地一片浑浊，水和泥巴搅在一起，土和石头分不清楚"的无人烟的蛮荒时代，到人类的产生，再到"砍来竹木搭屋架，割来茅草盖起房，水里引来鸡、鹅、鸭，山中牵回猪、牛、羊，百草结籽来报恩，人类从此有粮食"。虽然，它不是直接对古代德昂族社会生活的描写，但是，它通过神界故事和神界图景曲折地反映了原始社会的条件和面貌。从这些记录看，德昂族人是把《达古达楞格莱标》作为历史教科书来看待的。

德昂族人在吹奏乐器

# 一方百姓一方礼仪

礼仪文化的宗旨是约定俗成的，有礼有节对人对事，体现敬仰、尊重和热情等，每个民族都会用自己的方式体现律己敬人的社会规范，表示对他人的尊重和理解。初来乍到，芒市的少数民族礼仪会给人一种全新的感觉，在彬彬有礼的氛围中感受一方百姓一方礼仪的亲和力和这个民族的涵养。

## 傣乡之礼

水的柔美，水的坚韧，孕育了一个如水的民族，礼仪文化滋润古今，溢满美德。

傣族孩子从懂事时开始，就要受父母的礼仪教育。教育孩子从小做好事，不做坏事，对人要有礼貌，要尊重老人，要帮助有困难的人。孩子们不光接受长辈的教诲，而且从父母身上耳濡目染，受到良好影响，从小养成良好的道德行为规范。《百夷传》记载了早期的礼仪情况，"遇贵于己者，必让途而往……贵人之前过，必磬折鞠躬。"这些礼节对个人行为产生极大的约束力，表现出敦厚、质朴、无争的美德。每年重大佛寺活动，全村男女老幼都要集中到奘房聆听主持讲解经文，接受教育，规范自己的言行。进入土司时代，统治阶级制定了一些地方法律法规，如：《爷爷教训子孙》《父亲对儿子的训示》《教训妇女做媳妇的礼节》等，对很多方面的道德、礼仪都有强制性的规范和约束。如法律规定：儿子不能告父亲，告了也不能判儿子赢。这虽有失法律的公正，但在一定程度上形成了傣族尊重长辈，爱老敬老养老的良好民风。谚语说："田中土丘是谷魂，村上老人是寨宝。"凡生产生活中的大事，都要首先听取村上老人们的意见；重大的节庆和祭祀活动要请老人主持；村舍间出现纠纷，要请老人排解；走路也要让老人走在前面；老人进屋，年轻人要站起来问好，待老人落座后，才能坐下；饭桌上，要让老人坐首位，好菜先敬给老人。在傣族村寨，很少发生虐待老人、遗弃老人的，家庭中充满一种团结友爱和谐的气氛。

傣家人说："山离得再近也靠不拢，人隔得再远也能会面。""不管来客贫或富，迎上竹楼不偏心。宁肯自己省吃俭用，也不能怠慢远方客人。"所以，热情待客成为傣族村寨的风气。外地人到了傣家，主人会彬彬有礼，主动打招呼，端茶倒水，做饭菜款待。吃饭的时候，桌上的酒肉饭菜不能吃空，主人随时添加，服务周到。无论男女老少，对客人总是面带微笑，说话轻声细语，从不大喊大叫，不骂人，不讲脏话。妇女从客人面前走过，要拢裙躬腰轻走；客人在楼下，不从客人所在位置的楼上走过。每户人家都备有几套干净被褥，供待客之用。有的傣族村寨，还在大路旁建有专门用来置放水罐的小房子，给客人或路人提供方便。

## 德昂族人洗脚礼

光阴掠过崇山峻岭，无数往事已成云烟，而古朴的村落还在，先祖的田园还在。洗脚形式相同，但意义完全不同。一个司空见惯的生活细节居然成为恒久的习俗，传承千百年。

德昂族儿女帮父亲洗脚

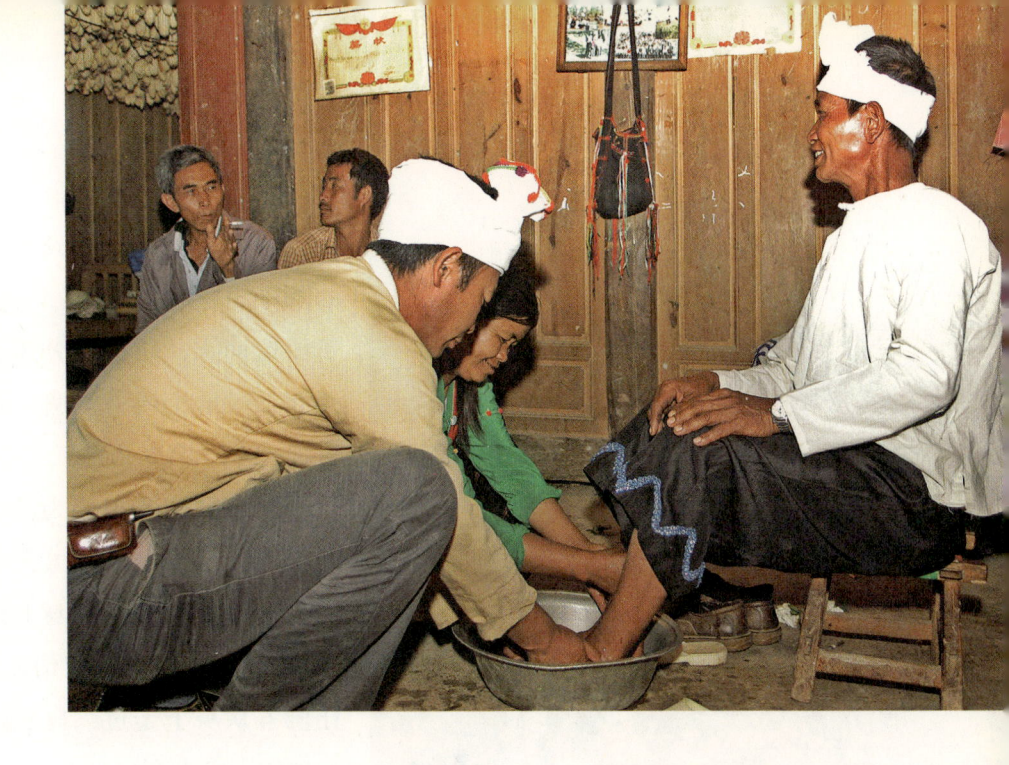

泼水节期间，德昂族有自己独特的习俗，要为长辈进行洗手洗脚礼。当一盆温暖的水端到长者面前的时候，晚辈先向长者合掌叩头，口中喃喃自语，检讨自己一年来对长辈的不敬之处，请求谅解；同时，长辈也反省自己做得不对的地方，祝愿阖家团结幸福。然后小辈开始为长辈洗手洗脚。假如是父母已去世，哥哥、嫂嫂、姐姐都算长辈，应当接受弟弟、妹妹们的洗手洗脚礼。嫁出去的女儿、妹妹或外出入赘的儿子、弟弟也要偕同他们的配偶一同回家为长者举行洗手洗脚礼，假如路途遥远来不了，也要说明原因。通过为长辈洗手洗脚，继承了族人的优良传统，晚辈尊重长辈，长辈爱护晚辈，促使家庭和睦，关系融洽。洗脚礼虽然形式简单，但它把亲情紧紧连在一起，体现了亲人的关怀和家庭的温馨。长幼之间开展批评与自我批评，相互沟通，彼此谅解，不失为一种古老的民主风气。与刻板的说教或严厉的批评相比，这种充满温情的自省方式效果会更好，双方能自愿盘点自己的缺点错误，按照社会规范和家庭美德来修正自己的言行。一代又一代的德昂族人延续着这种古规，传承着民族的遗风。

德昂族信奉南传上座部佛教，泼水节结束那一天，将举行

一个特别的仪式。村民全部聚集到奘房的院子里，佛爷赤脚站在铺有地毯或席子的地面上，信徒不分男女老少，都高兴而恭敬地为佛爷洗脚。有的老人已是古稀之年，照样乐滋滋地参加洗脚仪式，还会解下自己的包头为佛爷揩脚。洗脚结束后，几个中青年男人就分别躺在楼梯上，让佛爷从他们身上跨过，走进奘房。因为德昂族人相信，为佛爷洗脚，让佛爷从身上走过，自己就会得到佛祖的护佑，成为有福之人。

洗脚礼传承了良好的家风，家教反映在现实生活中。洗脚仪式则是宗教礼俗，反映了信众对幸福生活的追求和向往。

德昂族泼水节结束后为佛爷洗脚

## 德昂水鼓：族人的精神纽带

德昂水鼓诞生在历史的远方，见证过太多的荣辱兴衰。鼓作为八音之首，在音乐演奏中处于指挥地位，而德昂水鼓不仅仅是一种打击乐器，而且是一个民族的精神纽带，它与它的族人建立了不可替代的情感。回溯曾经的战场，鼓声隆隆，激励千军万马冲锋陷阵，争取和平和自由。太平盛世，鼓声欢快，每逢盛大喜庆，族人都会围着水鼓跳个通宵达旦。

德昂族是古老的民族，堪称"鼓之族"。鼓的种类很多，鼓与鼓舞齐名。芒市的三台山是德昂族聚居区，完整地传承着六种鼓舞，即水鼓舞、抬鼓舞、长鼓舞、坐鼓舞、中鼓舞和短鼓舞，其中，水鼓和水鼓舞最具盛名。每逢喜庆的日子，德昂山寨便发出雄浑、深沉的水鼓声，鼓声召唤太阳，邀约明月和星星与人共舞；鼓声延续着千年脉络，传递着各个时代的心声。

沿着鼓声，我们走向遥远的年代，能找到《达古达楞格莱标》诗句的源头。一个母权社会的女王统治着诸多部落，但这些部落往往各行其是，不相统一。有个叫阿龙国扎的男青年，作战勇猛，武艺非凡，多次带领族人打胜仗。一天，他打死了一只大老虎，将虎皮晒在空心的楠木树上。由于老虎凶残暴虐，伤人过多，族人非常气愤，每天用石头和木棒击打虎皮而发出咚咚之声，十分解气。七天后，虎皮干了，声音变小了，人们便用水泼在上面，潮湿后再击之，声音依然洪大。如此反复多次，大家觉得虎皮发出的声音不但很好听，而且振奋人

古老的德昂族水鼓舞

心。于是，模仿虎皮覆盖的树木，制作了第一个大水鼓，用来发出信号，召集族人。从此，每当鼓声隆隆，族人便蜂拥而至，具有很大的号召力。水鼓创始人阿龙国扎威望与日俱增，经过历次征战，统一了大大小小的部落，成为德昂族历史上第一个男性大首领。这就是一个民族最早的鼓声。故事表现了英雄的粗犷与豪气，反映了母权社会向男权社会的过渡。鼓声凝聚了强大的力量，在战争中发挥过自身的作用。

鼓为群音之长，八音之领袖，无论是作为一种社会现象，或是作为一种音乐类别，它始终伴随着我国各族人民的生活与思想感情不断繁衍、传承和发展，成为人民大众喜闻乐见的艺术品种而深深扎根于民间音乐的沃土之中。在庞大的古群阵营中，德昂水鼓独

德昂族民间体育活动

树一帜，有自己的传说，且厚重大气，保留着中国古代土鼓的风格。

传说固然很久远，萍踪难寻，但传统是真实的。德昂族人制作和使用水鼓的历史很长，他们用兽皮和楠木制成一种风格独特的圆木大鼓，鼓身中部有小孔，击鼓前先将水或酒灌入，以湿鼓身，获取较好的音色共鸣，故称水鼓，德昂语叫"格罗当"。水与鼓本是风马牛不相及的，德昂族人发明的水鼓真是一个有趣的发明。容水之鼓，鼓声雄浑激越，充盈天地，豪放大气，闻之，会让人产生一种特别的感觉。

水鼓有大小之分，最大的置放在部落总都，每个小部落使用的次之。大鼓用来召唤族人，在古战场上部落间的倾轧或与朝廷的抗争中发出过无数次进军的号角。激战前两军屏息凝神，山野沉静悄然无声。猛然间，狂风呼啸，敌我之间升腾着肃杀之气。战鼓大作，震撼山川，旌旗舞弄，袅袅夺魂，血腥的拼杀，让临空的苍鹰失魂落魄，逃逸无影。特制的大水鼓，鼓声惊天地，泣鬼神，弥漫着历史的尘烟，使人想到一个曾经兴盛的边地民族，想到那些悲壮、惨烈的古战场。强权政治导致民族反抗，无数勇士冲锋陷阵，血染夕阳。一个民族从强盛走向衰落，旧事依稀，历史波澜壮阔，山河散落着金齿民族的余音。

小水鼓在德昂族民间舞蹈中一直发挥着重要的作用。喜庆之日，德昂族人最喜欢的活动就是跳传统的水鼓舞。水鼓舞鼓声柔和动听，民族特色鲜明，男女老幼都能踏着鼓点跳上几圈。围绕着水鼓，德昂族已经形成了一套水鼓文化礼俗。上了年纪的德昂族人一般对水鼓有着很深的情结，当他们见到水鼓，听到水鼓的声音时，就忍不住手舞足蹈，甚至激动得热泪盈眶。由此可见，水鼓文化承载着德昂族人民丰富的思想情感，他们跳起水鼓舞来总是饱含深情，边饮酒，边敲水鼓，边跳水鼓舞，通宵达旦抒发喜悦，这是一种迥异的边陲山地文化。鼓声延续着千百年的民族力量，穿越时空隧道，让人追忆历史的坎坷。

如果说水鼓是德昂族山寨常见的打击乐器，那么，我们还可以欣赏一种特殊的大鼓，这种鼓叫"佛鼓"，不是重要的时刻不露面。佛鼓，意为"佛"之鼓，德昂语称"耿冷牙啪拉"，是佛爷专门保管，并经佛爷批准才能使用的鼓。有重大宗教活动时，洪亮的鼓声带着庄重与沉静的力量响彻四方，各村百姓应声而至。信徒们在佛鼓声中虔诚祈祷，安宁的心境感受着佛的护佑。夜间听佛鼓感觉很厚重，空旷中显示出大气，宁静中表现出深沉，鼓声好像不是来自人间，而是来自天上或来自地心，或者来自更邈远的地方。大山深处闻佛鼓，会拥有一种轻松、淡泊之感。是一种欢快后的平静，宣泄后的释然，冷峻中的温煦，流动中的凝注，给人的心灵一种警醒与沉静的力量。在物欲横流的世界里，聆听佛鼓，会多一分闲适，少一分世故。

用佛鼓做伴奏乐器而跳的舞叫"佛鼓舞"。佛教节日或迎接外寺长老时，在佛寺的广场上和象脚鼓舞同时跳，是一种男性集体舞蹈，动作与象脚鼓舞不相同，象脚鼓舞热烈欢快，佛鼓舞严肃庄重。

佛鼓多少有些神秘的色彩。据说，鼓的内部原有增加音量的

德昂族水鼓舞

装置，声音特别大，传播很远，如果敲多了会使母鸡孵不出小鸡来。

这个"鼓之族"不但延续着千年之音，而且还产生了许多制鼓的能工巧匠。清朝年间，遮放土司为了展现自己辖区内的太平盛世，要在民间举行庆祝活动，于是发出通告，要求各村寨百姓制作一面最好的鼓，届时参加比赛。竞赛之日，新鼓云集，结果，三台山德昂族制作的水鼓独占鳌头，精良的工艺、响亮的声音博得了人们的赞誉。这就是德昂族历史上的"赛鼓"，获奖之鼓被遮放土司留作纪念，置放在奘房里。

德昂族的打击乐器除水鼓、佛鼓、赛鼓之外，还有象脚鼓、铓锣、钹、磬等。管弦乐器有葫芦笙、箫、笛、比总、布赖、马腿琴、小三弦、口弦和丁琴等，各种乐器都凝结着德昂族人民的聪明智慧，表现出其精湛的手艺和高超的技术水平。各类乐器形成不同的音乐格调，有的高亢洪亮，节奏自由，有的曲调悠扬，抒情达意，有的浑厚优美而深沉悠远。

德昂族乐器

# 异样的遗俗

遗俗即前代留下来的风俗习惯。唐刘禹锡《答饶州元使君书》："履番君之故地,渐瓯越之遗俗。"宋朱熹有诗："不是幽人遗俗去,肯寻流水渡关来。"历代文人学者对各地风俗习惯多有记述。芒市遗俗,异彩纷呈,岁月难以洗尽遗风的铅华,各民族依然保留着一些传承千年的古俗,习俗特色鲜明,渗透着一个民族的思想情操和公德意识,他们以自己的方式,把这种独特的文化融入现实生活中。

## 百越遗风

当孔雀舞闪亮登场的时候,舞者修长的身材、英俊的容貌、华丽的服饰和优美的舞姿会即刻让观众的目光聚焦,"孔雀"走进舞场,舞姿独领风骚,百看不厌。

傣族先民为古代百越民族,历史悠久,文化厚重,源远流长的文化艺术承古拓今,一脉相承。以舞蹈艺术为例,有的精美绝伦,有的古朴大气,古老的民族传承着优秀的文化精髓,"传""承"相结合,不断加以丰富和完善。舞蹈作为一门传统文化,在芒市傣族的生活习俗与审美情趣中,依然保存有诸多古越人的遗风。

芒市俗有"孔雀之乡"的美称,在繁多的傣族舞蹈中,最古老、最有代表性的当数孔雀舞和嘎光舞,两个舞蹈优美恬静,感情内在含蓄,动作丰富。舞姿富于雕塑性,四肢与躯干各关节都要求弯曲,形成特有的"三道弯"造型。其风格、韵

律、舞姿造型及动作的组合形成独有的韵律，是傣族舞蹈的精华，渗透着一个民族的精神和审美特征。舞蹈的表现内容为模仿孔雀各种生活习性形态，抽象地再现孔雀在林间漫步、跑跳时的动态，于草坪溪畔展翅、晒翅、抖翅，敏捷转头探视、汲水、戏水、饮水等体态动作。作为傣族地区最有风采的舞蹈之一，孔雀舞最受群众欢迎，经常出现在重大民族节日及庆贺场合。孔雀舞主要有单人舞，也有双人表演的，如果由三人表演，则会出现一些简单的情节，舞者多为男性。

芒市孔雀舞傣语称"罗金嘎拉"，道具服饰的制作十分精细，色彩华丽，形象生动。多年来，注重学习其他民族的舞蹈艺术，广纳博采，取众家之长，补己之短，有很强的艺术感染力。

有个古老的传说镶嵌在人们的脑海里：孔雀原本没有五光十色的羽翎。一次，在当地举行"摆帕拉"宗教节日庆典时，佛祖下凡了。为得到佛光的普照，虔诚的信徒们纷纷赶到寺院，把佛祖围得

风平镇小孔雀舞培训班

芒市架子孔雀舞

水泄不通。有一只孔雀栖息在遥远的天柱山，它得知佛祖下凡的消息后，急忙赶往寺庙。但因来晚了无法靠近佛祖，在人群中急得团团转。孔雀的虔诚之心被佛祖察觉后，投去一束佛光，不巧，神力无比的佛光落在来回奔跑的孔雀的尾部。霎时，孔雀尾部缀满"金圈圆眼"纹图案，变得光彩夺目。从此，每年的"摆帕拉"节，佛祖释迦牟尼便会高坐于莲花宝座上，接受人们朝拜之后，观看从天柱山赶来的孔雀跳孔雀舞。后来，人们为了赕佛和祈求吉祥，都要表演民间传统孔雀舞。

孔雀舞浸透着深层的佛教文化，佛祖赐给的灵感在民间幻化无穷，充分体现出人的睿智、清明与高洁。那种崇尚美德、向往佛祖的舞姿出神入化，把人的思想带入一个圣洁的境界。机敏灵活创造世界，柔美的情怀容纳世事，化解凡尘艰难困苦。在想象、向往的空间里，无声的体态语言构建了一个

教化、从善的诗坛。因此，孔雀是精神的化身，孔雀舞是幻化的灵感，舞姿独领风骚，享誉神州大地。

嘎光的场面也让人激动不已。"嘎光"系傣语，"嘎"为跳或舞，"光"泛指鼓，也有聚拢、堆积的意思，"嘎光"可译为"围着鼓跳舞"，也可译为"跳鼓舞"。嘎光是芒市地区流行最广，在群众中最普及的自娱性集体舞蹈，也是傣族最古老的传统舞蹈之一。这种集体舞蹈，傣家人自小耳濡目染，人人会跳。遇有喜事，人们踏着象脚鼓点自然地跳起来，许多人接踵而至，纷纷入伍，少则十几人，多则数百人，很快形成轰轰烈烈的场面。大家边唱边跳，节拍整齐划一，动作简练单纯，易学易记，老少皆宜。舞蹈进入高潮时，众人常伴"咿呀""呀呜""呜"的吆喝声，气氛热烈欢快，充满浓厚的生活气息。

吉尼斯世界纪录——千人孔雀舞

芒市河两岸，田园茵茵，翠竹依依，置身气势磅礴的榕树下，领略一场百越民族后人的舞蹈，南国古风会洗亮眼睛，让人陶醉于民间艺术的殿堂里。

❶ ❷吉尼斯世界纪录——千人孔雀舞

第三章 民族情风情万种

157

景颇族织锦

## 奇异的婚俗

景颇族人奇异的婚俗令人惊叹。生长在大山的怀抱里，以物传情，不但充满了原生态的味道，而且有礼有节、有始有终，在婚俗文化的园地里异彩纷呈。

### "姑爷种"和"丈人种"

历史上，景颇族实行严格的等级婚姻，山官不与百姓通婚，百姓不与奴隶通婚。新中国成立后，这种等级婚姻自动消亡，但景颇族一直保持着同姓不婚的原则。某一姓氏的男子，固定娶某几个姓氏的女子的传统婚姻制度，景颇语称为"木育达玛"。不同姓氏之间，存在着"姑爷种"和"丈人种"的关系。娶女的一方就是"姑爷种"，嫁女的一方就是"丈人种"。"丈人种"的地位比"姑爷种"高。这种关系决不能混淆，更不能颠倒，这正是景颇族说的"血不能倒流"。

这种关系导致这样的结果：一个男子娶自己舅舅的女儿被视为正常，但不能娶叔叔、姑妈或姨妈的女儿。在景颇语中，岳父、舅父都称为"阿扎"。某小伙看上某姑娘，首先得问清姑娘的姓氏，

以确定对方是不是自己的"丈人种"。"木育达玛"反映了早期人类共同经历的"群婚制"遗迹。

过去在景颇山里，每个寨子都有一个"公房"，那是专供男女青年谈情说爱的地方。每到晚上，姑娘们精心打扮，小伙子带上笛子、丁琴等乐器，在"公房"聚会。通过情歌对唱，演奏乐器，制作工艺品，讲故事、做小游戏等活动，增进相互之间的了解。

20世纪60年代后，"公房"逐步消失。景颇族青年往往在生产劳动、赶集或节日喜庆中相互认识。

### 以物传情

景颇族婚礼

景颇族青年男女恋爱时，常用"树叶信"传递感情信息。

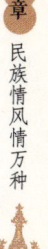

小伙子爱上某个姑娘后，就用树叶包上树根、茅草根、大蒜、火柴丝、辣椒等，做成一封"树叶信"带给对方。其中，"树根、茅草根"，表示对对方深深想念；"大蒜"是汉语"打算"的谐音，表示男方有娶女方为妻的打算，也表示请女方好好考虑男方的意图；"火柴丝"意为无论你到哪里，我都要找到你，直到成一家；"辣椒"是景颇族人吃饭时必不可少的食物，说明男方十分珍爱姑娘。姑娘打开一看，马上就明白其中的含义。

如果姑娘接受小伙子的爱意，就制作一封相同的"树叶信"，捎给小伙子；如果可以考虑，就加一束奶浆菜；如不同意与男方交往，就在男方寄来的"树叶信"中，加上火炭，再将树叶翻过来包，然后退回给男方。

此时，小伙子会摘两片栗树上最嫩的叶子，叶面对叶面合在一起捎去，表示愿意生活在一起；或者放上一根穿着线的针，表示自己和对方心连心；若加上豆子、谷子、玉米籽种，就表示自己强烈要求与女方建立家庭。姑娘同意了就收下，放上草烟做回信。若是父母反对，就用叶子包上刺、含羞草或火炭送给男方。男方接信后，就用蕨菜寄给女方，意思是约女方私奔。如女方同意私奔，就再加上茅草叶送回去，表示嘱咐对方，小心点，悄悄走。

## "过草桥""上竹楼"

"过草桥"是景颇族婚礼中必不可少的重要仪式。接新娘之前，男方家在院场上搭一座"草桥"，挖一个坑栽上两排绿草，两排草中搭一块长2米至3米、宽0.15米至0.2米的木板，草丛旁有祭祀神灵的4棵木桩。第一棵和第二棵各拴一头母猪，分别祭祀祖神和婚礼神；第三棵拴2只小鸡，祭家外诸鬼神；第四棵拴1头公猪，祭官家之神，并请"董萨"来念祭词，"草桥"才算准备好了。

景颇族婚礼

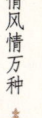

新娘接到家，一对新人相互敬酒、敬草烟，然后向四周的亲朋好友敬酒、敬草烟，接着举行"过草桥"仪式，婚礼即进入高潮。

新娘进院时，在草上拴一只孵蛋的母鸡，由新郎牵着新娘从这个草桥上跨过去，以象征将来家业兴旺。新娘过了草桥，要走过屋檐沟，才能上竹楼。一般情况下，给新娘上竹楼的梯子应该是新做的。进了竹楼，新娘受到寨子里长辈们的欢迎，要举行庄严、隆重的迎新娘仪式，并对新娘致以深深的祝福，使新娘感到全寨人都在欢迎她和关心她。这些过程完成后，新娘进入洞房。这时候，姑娘和小伙子开始聚集在新郎新娘身边，他们一边祝贺、嬉闹，一边喝酒吃喜糖，气氛极为热烈。景颇族婚礼的高潮是请歌手来祝福新郎新娘，新郎新娘来到祭祖宗的屋子，旁边站着男女歌手，聚集着参加婚礼的宾客，屋子里摆着各种祭品。接着，歌手一个个轮流演唱。他们用歌声赞扬新郎的勇敢、新娘的美丽，祝福新娘新郎早生子女、幸福美满。每个歌手的演唱都赢得人们的阵阵欢呼，给婚礼增加了无限的情趣和热烈的气氛。

关于"过草桥"，过去一般是新郎的弟弟牵着新娘过草桥，有的地方还把新郎的弟弟打扮成女孩子，穿上筒裙和银泡衣裳，身挎背篮，手持长矛，牵新娘过草桥。后来逐渐改为新郎牵新娘过草桥。在众人的簇拥下，新郎牵着新娘的手，向草桥走去，在场的人们都不断地高喊："先踩右脚！先踩右脚！""右"在景颇族载瓦语中叫"约"，有"顺达、吉祥"的意思。新郎和新娘小心翼翼地走过草桥后，人群中爆发出热烈的掌声、喝彩声。此时，婆婆笑眯眯地站在门口，给新娘带上祖传的银项圈和玛瑙项链，以此表示已经接纳新娘为家中的一员了。过了"草桥"，标志着新郎、新娘真正成为一家人。

## 火炭牛

"火炭牛",景颇语叫"迷黑诺",指的是从丈人家讨来的女人老死后,男方还需给女方家一头牛,叫作"火炭牛"。

关于"火炭牛",还有一个古老的传说。

相传,过去有个年轻的媳妇,因生孩子不幸病逝。她的丈夫和家里人认为这不是正常死亡,就把她火化了,以免本家族以后出现这样的事。

女方家人听到女儿的死讯,匆匆赶来,可看到的只是一具像火炭一样烧焦的尸体。女方家人非常气愤,扬言要他们赔出人来。男方家一再解释,一再敬酒认错,女方家人就是不答应。最后,女方家见赔人是不可能了,只好让步说:"你们赔不出人来,就赔一头牛吧。"男方家无法,只好乖乖地赔了一头牛。

从此以后,出嫁的女人死了,无论尸体烧还是不烧,女方家都要给男方家赔一头"火炭牛"。这牛不给不行,在田里架着犁的牛都可以牵走。所以,给"火炭牛"是硬道理。当然女方家也得送一些有名称的物品,如一杆火枪,叫"墨崩迷翁",现在已没有赠送;一把刀,叫"共表闪";一口锅,叫"厄着敖"等。至此,这门婚事就算走完了提亲、迎娶、生育、死亡等全过程,同时,也宣告了两家的这门亲事完全结束。

## 习惯法"通德拉"

景颇族人的阿公阿祖传下来的规矩,对解决民间纠纷、调和社会矛盾有一定的积极作用。随着法律法规的逐步完善和普及,这种古规也就渐渐淡去。

山官,景颇语叫"崩督",载瓦语叫"崩早",汉语为"山上的主人",是景颇族社会的统治者。以山官为首所形成的独特的政治制度(山官制度),是我国各少数民族中唯一的一种政治制度。

景颇族山官制度具有氏族社会的民主性和阶级社会的专制性。千百年来,形成了一整套不成文的约定俗成的被视为民族灵魂的规矩。景颇语称为"通德拉",即"阿公阿祖传下的做人的道理",对民众具有很强的约束力。但因其不成文,是约定俗成的,缺乏一定的科学性、严格性。它起源于卡库穆拽时期,是在氏族家长制瓦解过程中逐渐演变形成的。景颇族迁居德宏后一直沿袭着山官制度,解放后虽已废除此制度,但一些旧时的规矩一直保留至今。

如:在春耕动土前必须献官庙,否则不准砍地、烧地和下种。无论户口迁入迁出,得事先征得山官或寨头的同意,迁入者要送山官一小筒酒,迁出者要象征性拔掉拴牛的木桩,称为"夺沙木脱",表示与该寨子脱离关系。再如,借债故意不还,引起"拉事"纠纷,债权人可拉走借债人家里的牛、猪等。

景颇族厌恶偷盗,对偷盗者的处罚较重。如偷一头牛要赔四头,偷鸡也按相同原则赔偿;开箱撬柜偷窃者按1:4赔偿,除了罚一面铓外,还要杀猪鸡献鬼。

对违反公共利益的处罚也有相应规定。如:不准随便烧野火,否则要罚牛或猪一头;单家独户不准砍种一片山地;砍伐官庙附近的公有森林出卖,没收价款充公。

对人身攻击者的处罚则用实物赔偿。如诬告别人偷盗,必须恢复名誉,赔偿"洗脸牛"。骂人"难当死"(意为生小孩时死)被认为是最严重的口舌是非,必须通过"讲事"赔偿大量实物。

在日常生产生活中,有的事件难以判断是非曲直,便采用神判的办法处理。神判具有浓厚的民族色彩和宗教色彩,现在已消逝在人们的生活中。主要办法有:"卜鸡蛋卦"、"捏鸡蛋"、"埋鸡头"诅咒、"斗田螺"、"煮米"、"捞开水"、"闷水"等。

"闷水"是神判中最壮观一种。一般用于无法裁决的重大案件，如偷牛、土地纠纷等，由山官、董萨来主持。双方亲友筹集20头至30头牛交山官保管，由董萨确定地点举行"闷水"仪式，双方亲友到场助阵，附近村寨群众纷纷到场围观，气氛紧张严肃。仪式开始，董萨念诵咒语，并由当地素有威望的老人对天疾呼，请求神灵显灵、主持公道。然后把两根竹竿插入河池深水处，山官同时令双方各顺一竹竿潜入水中，谁在水中闷得时间长谁就获胜，输的一方要受罚。无论谁获胜，当场杀一头牛祭奠鬼魂，并请大家一同分享。事后，双方感谢山官，其余牛全部归获胜方，并由获胜方分给其亲友。

## 阿昌生得犟，不哭就要唱

阿昌族源于古代的氐羌族群，而与南诏、大理国时期的"寻传蛮"有直接的渊源。唐代文献中称为"寻传蛮"的，即是阿昌族和景颇族的前身。今日所用族称"阿昌"，则最早见于元代文献《招捕总录》《元史·地理志》等。

阿昌族有大量的民歌，善于以物拟人、以物寓意，含蓄清晰，格调优美，形式多样，在不同的场合用不同的声调演唱。对唱山歌有好多套，其中情歌的数量最丰富，也最富有生活情趣，是青年男女结交情意、缔结姻缘的重要桥梁。情歌分为三类：一类称"相勒吉"，是男女青年在野外对唱的情歌，即兴创作，随口而来；一类叫"相作"，夜深人静时在树林里幽会的时候才唱，歌词情意绵绵，内容极其丰富，互相表达心中的爱慕，那些流传千古的长篇叙事歌词，可唱几昼夜；一类叫"相勒摩"，同属对唱情歌，曲调优雅，给人感觉非常亲切，歌

芒市龙昌新村阿露窝罗节

词含蓄缠绵，越唱情感的距离就越近。

阿昌族人的性启蒙是从山歌开始的，阿昌族的嘴就是通过开财门和唱山歌练出来的。只要会走路，就和大人一起去，一起唱。从日落唱到天亮，唱词没有一个爱字，却情意绵绵；从生可以唱到死，再厚的夜也会被穿透，再坚硬无情的岩石也被唱动心；唱得麻雀夜间乱窜，唱得喜鹊闭上眼睛，爱得深厚没有商量的余地。阿昌族人用盐巴一样的山歌烹调出喷香的爱情。常言道："阿昌生得犟，不哭就要唱。"说明阿昌族人酷爱民歌，把唱歌当作人生的重要组成部分，没有山歌唱，日子难以想象。

也因为山歌不离口，阿昌族人多数能说会道，言辞流利，诙谐幽默。各村都有一些能说"四句"的"白嘴才子"，说"四句"也称"念吉利"，它是阿昌族一种风俗味极浓极重的诗歌形式的贺词、诗赋和祈祷颂词，多用于喜庆、热烈的场合。村寨里的"白嘴

户撒阿昌过手米线

才子"就是指没有读过书的乡土才子，别看他们没什么文化，可个个能"出口成诗"。"白嘴才子"的赞颂词表现了乡间的理想主义和浪漫主义。

## 寄情于水　佳节狂欢

　　水是柔美的，情是浓厚的，水含着情而醇香，情伴着水而悠长，圣洁之水载托着无数真诚的祝愿。天下山水无处不有，能把水玩到极致的民族好像不多见。在芒市能看到善心、善意和美好的祝福寄情于水，人与水产生激烈的互动的大场面，没人不激动，没人不欢天喜地。上善若水，指的是至高的品性要像水一样，泽被万物而不争名利，不与万物发生矛盾、冲突，人生之道，莫过于此。生活于水乡的傣族，对水的理解也同样深刻。

### 吉祥圣水扑面而来

　　有个傣族小卜少（姑娘）因为腿部受伤，伤口还没愈合泼水节就到来了，她坐在轮椅上，看着外面热闹的场景，心里很难过，觉得今年不会有人给她泼水了。尔后，突然有人从窗外丢进来一个水气球，湿润了她的衣服，于是她感到无比的幸福，绽放出灿烂的笑脸。

　　百里不同风，千里不同俗。说到傣族，人们自然就会想到泼水节，那是个让人激情飞扬、心花怒放的节日。

　　一年一度的泼水节也叫浴佛节，在傣历六月举行，时间相当于国历的4月，一般为三至四天。燕子纷飞时，绿水人家绕，每年清明一过，泼水节就在诗情画意里翩然而至。

　　一轮红日蒸蒸云天之上，大地热气腾腾，令人心动的鼓声敲响了，隆重的庆典开始了。在郁郁葱葱的大榕树下，在宽阔的场地

里，人声沸腾，盛装鲜丽，鲜花簇拥，木龙喷水，香雨沐佛。此为泼水节举行的"浴佛"仪式，就是用圣洁之水洗去佛像身上的尘埃，提醒人们保持一颗清净之心，净化个人的身、口、意，祛除憎恨、愚痴的污垢。虔诚的"浴佛"仪式结束后，整个活动迅速推向高潮。

　　一瞬间，鼓声如雷，水声如浪，人声如潮。来自四面八方的各族男女，即使是陌路相逢，也倍感亲切。不拘疏密，互相追逐嬉戏，一派水柱银花、飞帘瀑幕的景象。不断涌动的人潮，只见水花四溅，真是"浪激长空三千丈，潮涌池底百度狂"。泼水节就是欢乐的海洋，泼湿一身，幸福终身。圣洁之水飘洒在每个人身上，洗去尘埃，互致祝福，祝愿来年平安吉祥、幸福快乐。傣族泼水节是中国少数民族中最具魅力的民族

傣族泼水节

第三章　民族风情万种

169

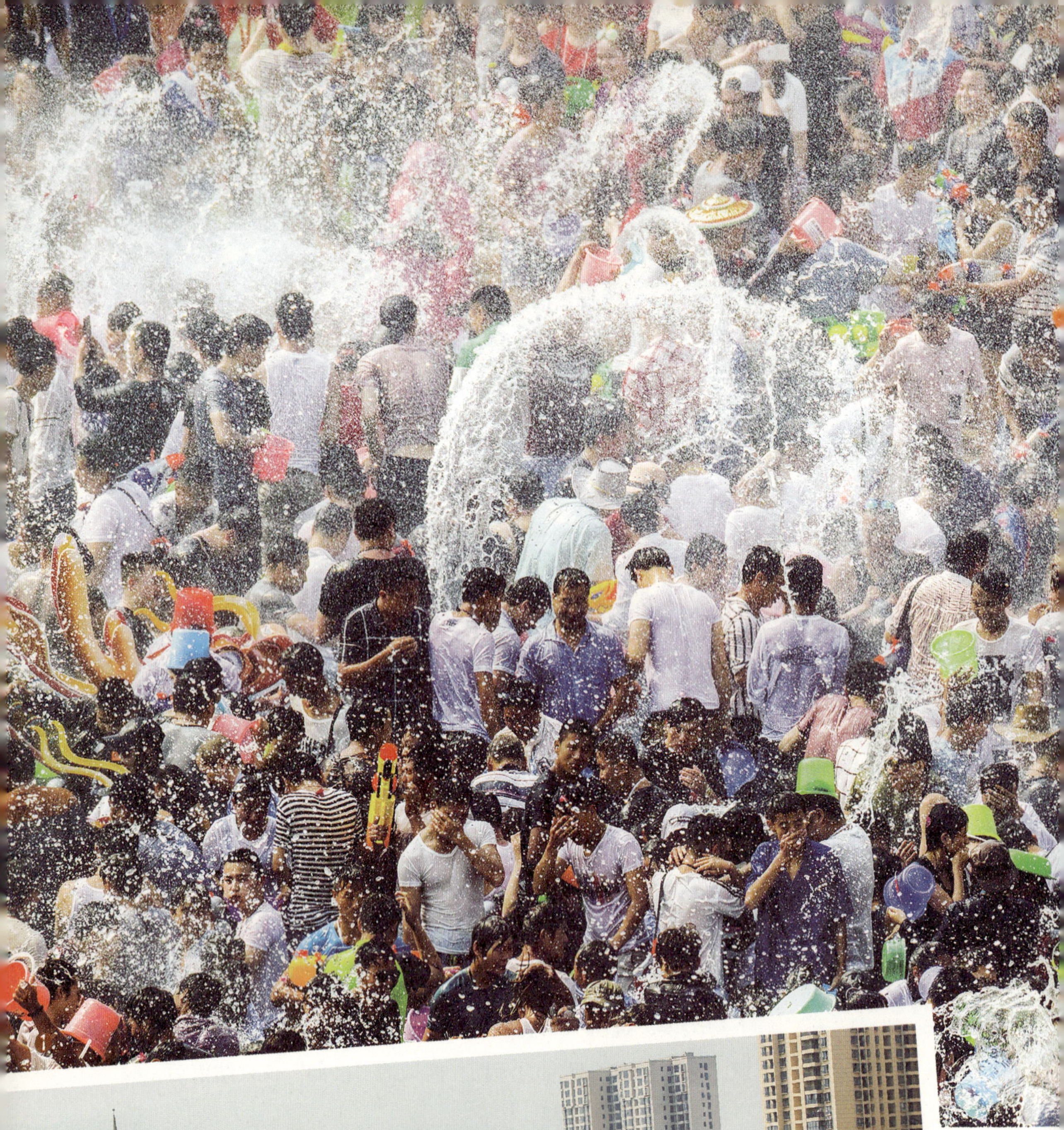

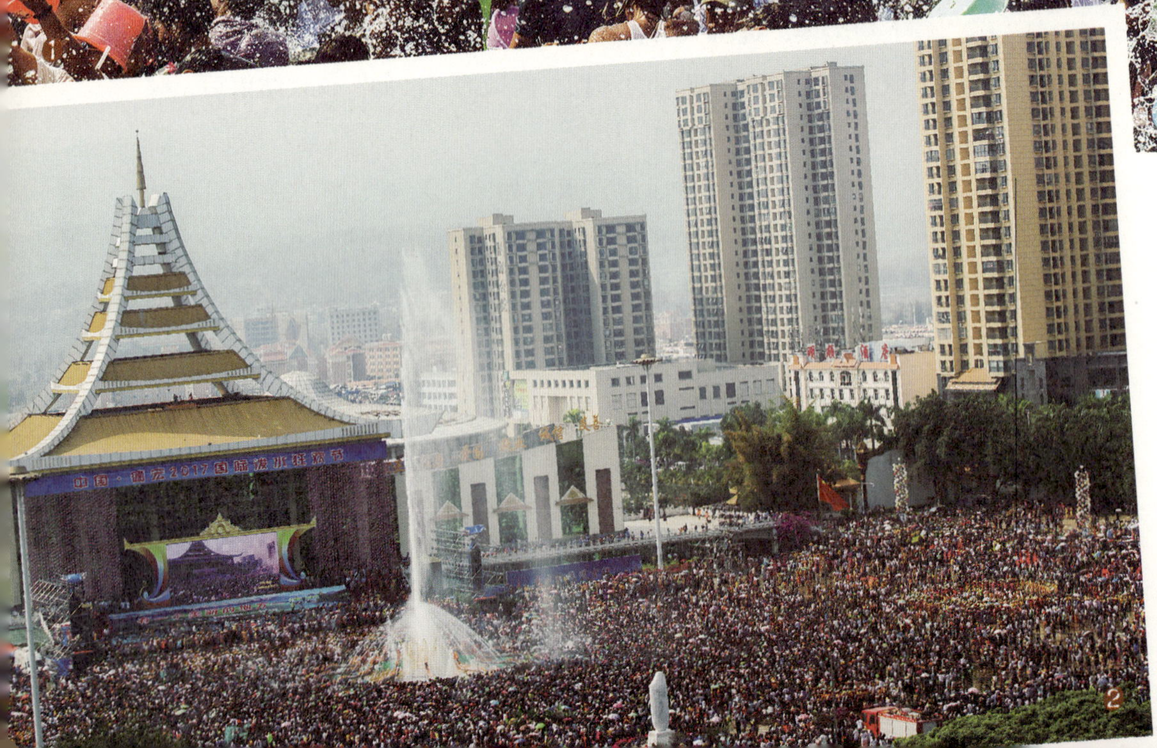

节庆活动之一，其规模之大、内容之多、气氛之热烈，令人赞叹。

泼水节萌发纯洁的爱情。为寻觅爱情，栽培幸福，小卜冒（小伙子）、小卜少（小姑娘）们来到"包场"，分列两边，开展丢包游戏。精致的花包在空中飞舞，相互传递着自己的心声，表达爱意。一对对彼此倾心的男女，会频繁地对丢，在戏耍中增进了解，加深感情，一段段浪漫的爱情故事就开始了。

泼水节产生无穷的竞赛力。群众身着节日的盛装，欢聚在湖泊周围，观看龙舟竞渡。一声号令，精壮的水手爆发出巨大的力量，水面上披绿挂彩的龙船像箭一般往前飞去，顿时，江岸上鼓锣声、号子声、喝彩声此起彼伏，声声相应，节日的气氛再次进入高潮。

泼水节跳起优美的舞蹈。男女老少聚集在村中广场，参加集体舞蹈。象脚鼓舞热情、稳健、潇洒；孔雀舞优美、雅致、抒情。人们边跳边唱，如痴如醉，狂放不拘。

还有诵经、赶摆、章哈演唱、斗鸡、放高升……

泼水节起源于印度，是古婆罗门教的一种仪式，后为佛教所吸收，并随佛教传入中国云南傣族地区，傣族赋予其更为神奇的意蕴和民族色彩。这个盛大的节日连着一个古老的传说：很早以前，有个凶恶的魔王，他滥施淫威，弄得庄稼颗粒无收，民不聊

❶❷ 傣族泼水节

生。魔王的七个妻子都是从民间抢来的,她们为了替人间消灾除难,打探到了杀死魔王的秘密。趁魔王酣睡时,她们悄悄拔下他的一根头发,做成"弓塞宰"(意为心弦弓)。当她们把"弓塞宰"对准魔王的时候,他的脖子就断了,但头颅一落地就冒起火来,头颅滚到哪里,哪里就是火灾。大姐情急之中将恶魔的头颅抱在怀里,地上的火就熄灭了。为了不使老百姓受害,她们轮流抱着魔头,直至魔头腐烂。每当轮换时,姐妹们便泼洒清水,为替换下来的人冲洗身上的污秽。后来,为了纪念这七位机智勇敢的姑娘,每年的这一天人们互相泼水,以消灾除难,并祝来年风调雨顺、五谷丰登。

泼水节是全面展现傣族水文化、音乐舞蹈文化、饮食文化、服饰文化和民间崇尚等传统文化的综合舞台,是研究傣族历史的重要窗口,具有较

风平竹筏比赛

高的研究价值。节日里展现的文化能给人以艺术享受,有助于了解傣族感悟自然、爱水敬佛、温婉沉静的民族特性。

## 历史浸透着水文化

傣族谚语说道:"没有一条河流,你不能建立一个国家;没有森林和群山的山脚,你就不能建一个村寨。"

有位作家说过:"自己活动,并推动别人的,是水;以自己的清洁,洗净他人的污浊,有容清纳浊的宽大度量的,是

植物等等。"傣族相信天空和大地来源于水,认为人类生命的一半也是由水创造的。

　　傣族原始宗教信仰万物有灵论,认为日月星辰、大地万物都有灵魂,因此,奔流不息的水也有自己的生命和灵魂,是一种具有生命的圣洁物质。人们热爱水、崇拜水,主要是为了让水给他们带来好运,获得保护。佛教传入后,水文化也逐渐融入佛教文化的因子。在佛教活动中,水被当作圣物。在佛寺里,每天都把洁净的水当作祭品来供奉。泼水佳节,举行最重要的庆祝活动被称为"浴佛",用清水给佛像沐浴。

　　拨开历史的沉烟,傣族有过艰辛的历程,频繁的战乱、无法抵御的自然灾害使人们几经跋山涉水,为寻求具有丰富水源而又安宁的土地做出过不懈的努力。择居时对水的依赖,是其民族精神中一种延续了数千年的内在思想观念的体现。所以,傣民族最后在江河纵横的低河谷地带终止了迁徙的步履。经过祖祖辈辈的打造,傣乡形成了特定的居住环境:广袤的坝子,榕树垂然,竹林茂盛,平坦宽阔的河面上折射着灿烂的阳光,河里碧波荡漾,洗浴的少女晃动婀娜多姿的身材。有的在戏水打闹,水花飞舞,不时传来阵阵优美的民歌。

风平竹筏比赛

这样的景象总是会长久地留在人们的脑海里。

在傣族的传统社会中，尤其是民族文化中，蕴含了许多与水有关的文化因子。人的思想观念、社会生活习惯以及他们在生产生活中长期积累的知识经验，构成了其传统的水文化，形成了崇尚水的思想观念，并把它融于民族精神之中，使之成为本民族的文化精髓，体现出人与自然的和谐之美。

龙舟大赛

## 又是一年摆冷细

"摆冷细"的味道就是傣家人骨子里面的乡愁,饮食的味道、亲情的味道、恋爱的味道溢满了浓浓的民族风情,族人把这种文化维系了千百年,尽管时代变迁,铅华洗净,傣族人民依然保留着部分习俗。一年一度的摆冷细没有完全变味,尤其是在文化回归的今天,人们尚能重拾旧梦。

日子过得真是快,又是一年摆冷细!

"摆冷细"是傣语,就是汉族的春节。"冷细"即傣历四月,"摆"在此是盛会之意,让人一听,顿时心生强烈的向往之情。

芒市是傣族主要聚居地之一,在这片神奇的土地上,傣族世代繁衍生息,在悠悠历史长河中,留下了深深的足迹。据文献记载:傣族按分布地区有傣泐、傣那、傣雅、傣绷、傣端等自称,西双版纳等地自称"傣泐",德宏等地自称"傣那",红河中上游新平、元江等傣族自称"傣雅",瑞丽、陇川、耿马边境一线的自称"傣绷",澜沧芒景、芒那的自称"傣绷"。汉族称傣泐为水傣,傣那为汉傣,傣雅为花腰傣。"傣泐"意为水源下方的傣族,为世居民族,在他们身上,保持着更多傣族古老的传统习俗,如建筑上仍然使用干栏式竹楼。人名无姓氏,男女孩都以长幼顺序取名,男孩依次叫岩、依、散、俄……女孩依次叫月、玉、安、艾、娥……"傣那"意为水源上方的傣族,过去分布在"傣泐"以北靠近汉族的地方,吸收了较多的汉文化成分,因此服饰与"傣泐"有所区别。

傣族信奉南传上座部佛教,村寨建有奘房,佛塔遍及城乡。

芒市地区出洼干朵节

饱受中原黄河文明与印度恒河文明的滋养，傣族创造了绚丽多姿、让人惊叹的民族文化，拥有自己的宗教、年历、民俗、语言、文字、戏剧……傣族叙事长诗有550部之多！这些作品皆是数千行、数万行的鸿篇巨制。从世界文学史上看，中世纪欧洲产生叙事诗最多的法兰西也只有100多部，可见傣族叙事长诗是我国少数民族文学中的一座宝库。

每到傣历三月底，只要走进傣族村寨，便会看见袅袅炊烟从屋顶升起，听到此起彼伏咚咚咚的美妙声音，再伴随着一阵阵扑鼻而来的糯米清香，让你轻易便迷失在竹林和大青树围绕的寨子里……

童年的摆冷细，很值得怀念。节日到来之前，家家户户都得赶着用脚碓将糯米粑粑舂好。脚碓的形状像一个睡倒的十字架，地上挖个坑，用水泥砌好，磨得很光滑，用脚一踩，脚碓的尾部下陷，碓头升起来又落下去，将煮好的热腾腾的糯米放到石碓里，人在一端用脚大力咚咚咚地踩。小孩子站在旁边，口水难以控制，馋得不行。大人便会从石碓里扯一团糯米粑粑放在手心里，再用小铜勺舀一勺红糖酥子做馅，搓成团团，就

芒市地区出洼干朵节

像一个巨型的汤圆。酥子在滚烫的粑粑里化了开来，一口咬下去，香喷喷的酥子顺着嘴角慢慢淌下来，烫得人燎心燎肺却又美得欲罢不能，何等诱人的人间美味呀！

按照老规矩，第一块粑粑是要先给狗吃的，结果往往会被孩子先尝，自然会受到老人的责备。关于粮食，狗对人类功不可没。有两种说法：一是传说忠实的狗曾对傣族的祖先有恩，所以祖祖辈辈都要回报狗；二是据说让狗吃了第一块粑粑，走到哪里，都不会被狗追咬。估计第二种说法有些水分，因为许多孩子吃了那么多第一块，到哪儿狗也没追着咬，甚至还直冲他们摇尾巴。

傣族有个习俗，初一这天一大早，小卜少、小碧朗（小媳妇）要争先恐后地到寨子里的井边抢挑第一担水，谁抢挑到第一担，那她这一年就顺顺利利，心想事成，傣话称为"入里今旺"，意为好吃好在。女人们还得带上自己舂的粑粑和镍币供奉井神，粑粑放在

芒市地区出洼干朵节

井边，镍币扔到井里。傣家的水井建得很别致，像一座凉亭，水深约一米，因此总能见镍币在清澈的井底闪着银光。

初一这天，寨子里的老人都会带上鲜花和供品上奘房（寺庙）礼佛，为儿孙祈福。这天还有许多习俗，比如不能动刀，一般就吃软米饵丝、米线或糯米粑粑；不能扫地，据说会将财气和运气扫走；更不能串门，孩子们一早要乖乖在家跪拜长辈，逐一接受老人的新年"阿佐"（祝福）。

初二，便开始走村串寨，遍访亲戚。孩子与妈妈徒步走到十几千米外的寨子，去给亲戚们拜年，回程的竹背篓里总是装满了好吃的东西。

这个时节，春回大地，阳光明媚，小卜少、小卜冒盛装相约去赶摆，到环境清幽的竹林中对歌、丢包——用色彩鲜艳的布料缝制成巴掌大小的布包，里面装上沙子，男女相距七八米相互抛掷，接不到就算输，对方会跑来向输家要礼物。若姑娘对小伙有意，就存心不接，故意频繁地让小伙来要礼物，以增加双方接触的机会。当双方都感到情投意合时，小伙就用手织毛毯将姑娘裹在里面，双双到僻静的地方互诉衷肠。有的小孩

第二章 民族风情万种

子会奇怪,怎么会有四条腿一个头的怪物?于是撅着屁股弯着腰拼命从四条腿的毛毯里往上看,还没看出端倪,已被妈妈一面呵斥着一面拉走了。小卜冒"猎哨"(追女孩)的方式还有打土电话。土电话非常有趣:把猪膀胱分别蒙在两个竹筒上,用涂过蜡的棉线相连,男女各躲在相隔一二十米的树丛下,对着竹筒唱情歌说情话,这样可说一些当面不好意思说的话,避免羞涩带来的尴尬。

直到傣历四月十五,"四月的盛会"差不多接近尾声,摆冷细的热潮也渐渐消退。

光阴似箭,童年的记忆逐渐遗忘,傣乡传统的摆冷细却在脑海里挥之不去,成为永久的思念。

# 白云深处傈僳族人家

2018年9月,德宏参加由央视主办的"魅力中国城"竞赛,傈僳族的"上刀山、下火海"在京华之地表演,演员们以精湛的技艺和大无畏的气魄赢得满堂喝彩,其惊险动作让观众心惊肉演员们跳而又钦佩至极,让人感觉不可思议。十把钢刀锋利无比,演员们赤脚踏在上面如履平地,仍安然无恙。一种边地文化释放出山地民族的英雄气概。

8世纪前,傈僳族居于四川雅砻江及金沙江两岸的广阔地区。8世纪后,部分傈僳族逐渐向云南西北迁徙,16世纪中叶开始进入怒江地区。17世纪至19世纪,一部分傈僳族从怒江又"沿着太阳落的地方迁徙",越过高黎贡山,定居于德宏境内。芒市的傈僳族主要居住在勐戛镇的杨家场、中山乡的木城坡、遮放镇的河边寨、芒市镇的牛场等地,呈大分散、小集中、大杂居、小聚居特点。傈僳族自称"傈僳""傈僳拾"。"傈僳"二字,系本民族自称词之语根,在本民族语中,本意难于确切解释;所谓"拾"者,傈僳语意为"人"。"傈僳拾"三字,直译则为"傈僳人"。

傈僳族多居住在白云缭绕的大山深处,善使弓弩,历史上多以狩猎为生。男人左肩挎弓弩,右肩挎刀,英武潇洒,酷似传说中的射雕英雄。中华人民共和国成立前后,芒市镇之小新寨有一个叫曹四的傈僳族汉子,弓弩技艺十分了得,一个南瓜从房顶滚到地上，身中三箭，观者惊呼。每年猎获不少，土司要其上贡，否则逮捕他入监。曹四放话说，谁敢抓我，削一百支箭射死他，结果，土司还真没有下文了。

勐戛镇之杨家场有个叫余思奇的傈僳族汉子，同样箭无虚发，人称"麂子犟"，意为麂子见其就发呆，必死无疑。中华人民共和国成立初期，边疆敌特猖獗，余思奇积极配合部队剿匪立功，市人民政府奖给他一支崭新的火枪，他引以为傲，视为一生之荣耀。

傈僳族借助花开、鸟叫等，把一年分成花开月、鸟叫月、烧山月、饥饿月、采集月、收获月、煮酒月、狩猎月、过年月和盖房月等10个季节月。传统节日主要有年节、阔时节、收获节、火把节、中秋节等。

阔时节，亦称"拉歌"节，意即新年歌舞节。每年正月初九举行，节期两天。届时，各地选定场址，搭起台棚，附近村寨的人们聚集在一起跳三弦、芦笙或"木瓜瓜切"舞，举行弩箭射击比赛及对歌等活动。其中，最精彩的节目当数"上刀山、下火海"，堪称绝技表演。表演之前傈僳族男士们先供奉神灵。供奉的神灵中有一位"白马将军"，传说此人乃明朝兵部尚书王骥将军。王骥三征麓川回朝后被奸臣所害，而傈僳族的阔时节就是为了纪念王将军。"上刀山"项目中，好汉们一个个赤脚踏着锋利的刀口，爬上高得叫人望而生畏的七十二层刀梯，然后又从容地脚踩锋利的刀刃，一台台次第而下，待平安落地时，他们一个个神情自若，皮肉无一点损伤。"下火海"节目中，精壮的傈僳族汉子豪饮数杯酒后赤脚跃入灼热的炭火之中舞蹈。表演完毕，但见表演者无一人因高热而受伤，一个个安然无恙。1983年4月9日，德宏州第八届人民代表大会第一次会议将正月初九定为傈僳族阔时节。

刀山敢上，火海敢闯，这是人们用来比喻人世间的英

❶ 傈僳族上刀山
❷ 傈僳族下火海

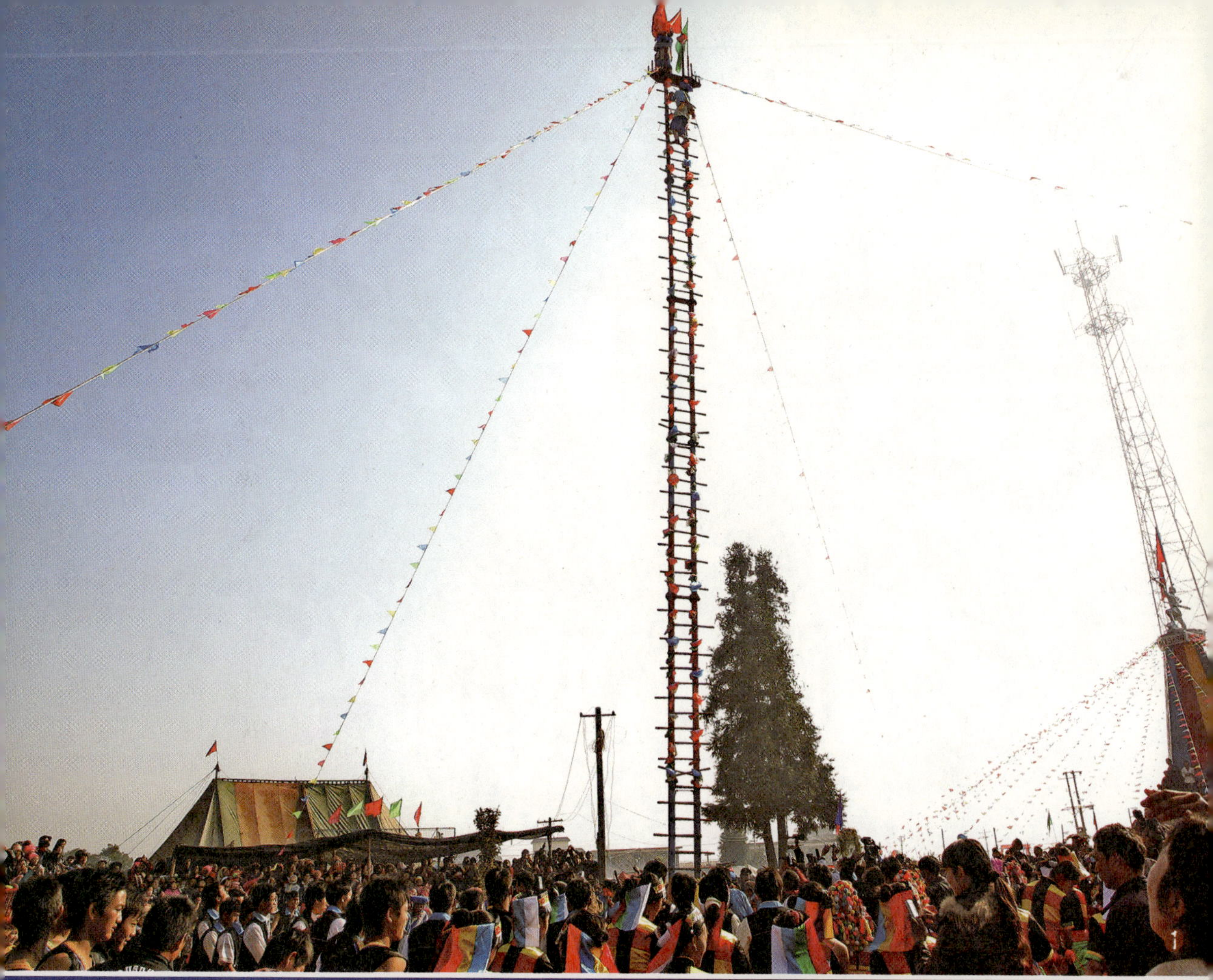

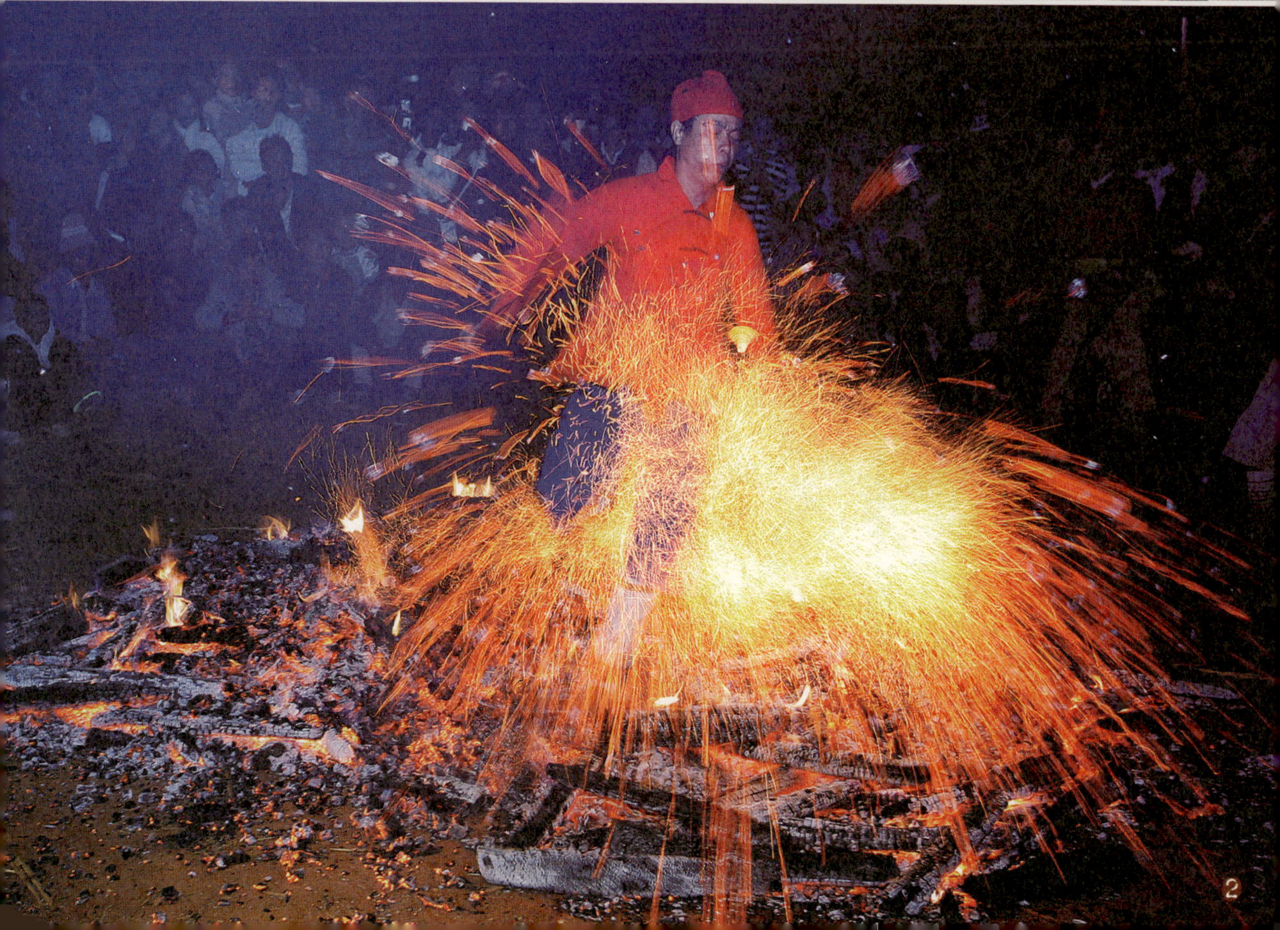

2

雄精神和状态的语句。而居住在边陲大地上的傈僳族，却将这种大无畏的精神应用在表演中，神秘、惊险，让人惊心动魄，体现了傈僳族坚忍不拔、英勇顽强的民族性格。

中山木城坡
傈僳族风情

## 古歌之殇　换得婚姻自由

旧时，德昂族青年男女婚姻自由，他们按照族人的风俗选择自己的配偶，不会受到父母的干预，也不会遭遇权势的制约。青春年华，爱的思绪任意飞翔，寻找自己的意中人；恋爱期间甜甜蜜蜜，心花怒放；婚后幸福美满，这是什么原因呢？原来德昂族历史上发生过一起悲惨的爱情故事，族人刻骨铭心，引以为戒，从此不再干涉子女的爱情婚姻自由。

### 建筑上的爱情故事

诸葛亮是否到过云岭边陲，史学界尚有争议，然而，当地与诸葛亮有关的传说颇多。在老百姓的心里，这位非凡的军师踏遍了德宏的山山水水，熟悉芒市的一草一木。

和南方许多民族一样，德昂族喜居干栏式竹楼。竹楼多用木料做框架，其他部分均用竹子做原料，屋顶用茅草覆盖。竹楼依山傍水，坐西朝东。主要有正方形和长方形两种形式。芒市地区一户一院式正方形竹楼是比较典型而普遍的德昂族民居。德昂族竹楼造型别致，美观大方，颇像古代中原地区儒生的巾帽。蘑菇形的房子凝固着历史的记忆，一个与诸葛亮有关的爱情故事定格在古老的建筑上。当年三国风云人物诸葛亮率兵南征，来到德昂山寨驻扎。有一天突遭袭击，受伤遇险，幸得勇敢善良的德昂族姑娘阿诺相救，才得以化险为夷，转危为安。在短暂的接触中，二人产生了感情。当重

任在肩的诸葛亮不得不辞别心上人的时候，便将自己的帽子留给阿诺作为信物。来去匆匆的诸葛亮万里征战，留下帽子，却带走了阿诺的心。山蒙蒙，水悠悠，相思重重，总不见情人归来。阿诺姑娘苦等了十多年，却等来了心上人的死讯，她心如刀绞，肝肠寸断，痴情地站立了三十三天后在雷雨中消失了。在她站立的地方出现了一幢和诸葛亮帽子一模一样的房子。后来，德昂族就模仿诸葛亮的

帽子修建自己的住房，形成了独特的建筑风格。现实与传说勾画了一段千古情缘，三国风云人物、一代著名的军师诸葛亮，草船借箭、六出祁山、智取荆州、三气周瑜，半生戎马生涯，为蜀国江山社稷鞠躬尽瘁，直到病死五丈原，想必心里也不曾忘记这位萍水相逢的南国少女，旷世的爱情演绎了千年的伤怀。德昂族居住的房屋像诸葛亮的帽子，反映了他们在历史上对英雄的崇拜，也是永恒的纪念。

## 远离相思之苦

故事离现实已经很远很远，爱情与婚姻自由走过了悠远的历史长河，恋爱婚配总是快乐开心的，除非两人闹矛盾。

德昂族建筑

德昂族民歌对唱

德昂族思想开放，青年人恋爱自由，父母不会干涉子女的婚姻大事，世世代代铭记着一个古老的爱情悲剧。创世古歌《达古达楞格莱标》记述了一对相爱的青年，因女方父母嫌贫爱富，要求男方必须拿出大笔彩礼，才能将自己的女儿许配给他。小伙子被逼无奈，立誓外出挣钱找回银子。待三年后小伙子带着银两回乡时，心爱的姑娘已服毒自尽，他悲痛至极，刎颈殉情，忧伤的故事刻写在后人的心灵深处。所以德昂族人世代倡导婚姻自由，不收高额彩礼。

古歌记载了曾经的爱情之殇，难以忘却的血泪史换来永恒的自由，爱情之花自由绽放，不会受到风刀霜剑的摧残，世世代代的风华少年远离相思之苦，想爱就爱，谁也管不着。在长达几千年的封建社会里，男女之情始终受到桎梏，为了冲破封建牢笼，进入自由的天地，古往今来发生过多少为争取爱情与婚姻自由进行殊死抗衡

的动人故事，其结局大多伤怀泪崩，世人除了叹息之外，终无革新之举，这也是一个值得思考的历史话题。

进入阶级社会后，个人爱情与奴隶制度、封建制度下的婚姻制度中的矛盾，无一例外地日益发展成为社会中心问题之一。结婚双方的意愿被搁置一边，父母之命、媒妁之言成为神圣原则，私有制天天导演着爱情和婚姻的悲剧，多少青年男女在自己的婚姻大事上被灌下了一杯杯苦酒。德昂族从明清两代多次起义失败以来，政治上地位低下，经济上普遍贫困，婚姻上没有权势和财富的诱惑，可以选择的只有人，人的品德、人的感情、人的本领，加之青年们对包办婚姻的持续斗争，悲惨的血泪教训让婚姻自由便成为发展的必然趋势。

每逢开门节、泼水节等重要节庆期间，德昂族青年男女便开始进行有趣的对歌择偶、对歌恋爱。夜静谧、月溶溶，音乐美妙动听，倾诉衷情，表达爱意。宁静的夜晚，小伙子来到竹楼旁吹葫芦丝，悠扬的葫芦丝声飘进竹楼，试探姑娘对自己是否有意。或者是与姑娘对唱，用生动的语言、形象的比喻来倾

德昂族青年男女对唱

诉感情。竹楼外，小伙子唱起了动听的情歌：

> 这幢竹楼我从来没到过
> 
> 楼上姑娘像鲜花一朵
> 
> 这里的竹梯我第一次踩
> 
> 漂亮的姑娘惹我喜爱

如果姑娘芳心萌动，就会对唱起来：

> 不嫌竹朽楼烂
> 
> 阿哥就常来坐
> 
> 不嫌叶枯花谢
> 
> 阿哥就采这一朵

女方闻歌知意，若是两情相悦，姑娘就会下楼迎接小伙子到厨房烤火、喝茶、嚼烟、对歌。女方父母不会干涉，并主动回避或佯装睡着。双方在火塘旁交谈或对歌，多次接触后，如愿结为连理。

德昂族实行一夫一妻制。古代传统婚姻限制较严格，同姓及亲

戚均不通婚，两家联姻只能发生一次。

德昂族的婚礼都是在欢庆热烈、优美动听的歌声中进行，形式别具一格。其婚礼多在冬月举行。最好的时辰是早上太阳照进家之时，而在德宏是太阳快落山的时候。婚礼通常要举行三天时间，全寨人家不生火做饭，都到婚礼场上做客。第一天，主人给长者敬酒，表示仪式开始，新郎随后逐桌向客人行礼，以示感谢。饭后，新郎、新娘分别在各自家里挨个向男女伙伴们传烟盒（德昂族时兴嚼烟，内有草烟、芦子、撒姐、石灰等）。这时，伙伴们开始乘机开玩笑，并以歌曲的形式故意提些有趣而又让新人不好意思回答的问题。而新郎、新娘也要唱着歌回答，直到被问得面红耳赤，在场的人哄堂大笑，小伙伴方才接过烟盒。

夜间，阵阵歌声将婚礼推向高潮。婚礼中唱"青春歌"打开活跃的氛围，祝愿新人有美好的未来。唱"哭婚歌"惜别爹

德昂族婚礼

娘兄妹，依依不舍。唱"赞颂歌"赞颂新郎新娘勤劳美貌，是理想的良配。各种调子内容丰富，民族风情浓郁。新娘进家后，还要进行两个有趣的程序：一对新人入洞房后，新娘要用秀发擦拭新郎的脚心，表示永远相爱，忠贞不移；拜见公婆后，新娘要把竹筒里的清水滴在新郎的脖子上，表示忠贞相爱，幸福吉祥。德昂族祖训不要求妇女终生守房，丧夫允许再嫁，只是聘礼少一些，对妇女公平公道。

德昂族婚礼

## 剪辑岁月的希望

有人说，民间艺术是中国文化的活化石，此话颇有道理。由于地域文化背景的差异，各民族的剪纸都有自己的风格，同为剪纸，而意韵不同，常用题材也不一样。傣族有声名远扬的剪纸艺术家，观赏他们的作品，你会觉得艺术与历史相连、艺术与生活更近，所塑造的艺术形象并不晦涩难懂，从劳动者的创造中获取历史和现实的启迪，透出永恒的追求。

芒市从远古走来，文化底蕴深厚，岁月之舟驶过悠悠历史长河，逐步形成积淀深厚的民族文化。傣家人生活在流水潺潺、翠竹掩映的环境里，千百年来玩味着自己的剪纸文化，逐渐形成魅力独具的民族工艺。汉族剪纸始于先秦，发展于晋唐，成熟于宋元，兴盛于明清，与中原造纸业的发展密不可分。据初步推断，傣族剪纸的历史同样可以追溯到达光王国莽纪拉王朝中期，即先秦两汉时期；发展于果占壁思氏王朝至土司分治时代，即元朝仁宗黄庆年间至清朝初期；成熟于土司分封时代中后期，即清朝中后期至民国时期。这一内涵丰富、风格别致的文化精品延伸着历史的脉络，延续着古老的信仰。各个时期的剪纸艺人应用现实主义和浪漫主义手法，表现了原生态的思想观念。因此，关注的人越来越多，成为芒市旅游文化的热点之一。

傣族崇拜自然，最早信奉原始宗教，认为山川草木皆有灵性。南传上座部佛教约在北宋年间传入德宏，与当地的原始宗教发生碰撞，经过一段很长的时间，从相互排斥到相互

经幡

让步，最后相互合流、彼此共存。所以，傣族文化烙印着浓厚的宗教气息，作为源远流长的剪纸文化自然透视出古老的信仰。如葬礼、各种盛会和重要的节日，用剪纸来装饰佛寺、佛伞、佛幡等。其中，大象和孔雀图案最为常见。佛教的崇象意识与傣族的原始宗教有相通之处，佛教传入后吸纳了象文化，并日趋完善，使人们在思想情感上更深层次地接受了佛的教化，既是力量的象征，也寓意着风调雨顺、五谷丰登的喜庆。在傣族人民的心目中，"圣鸟"孔雀是幸福吉祥、美丽善良而智慧的化身，自然成为剪纸艺术创作重要的题材之一，以不同的姿态展现在图案中，有的端立枝头，神态优雅华贵；有的展翅飞翔，精彩瞬间，惊艳无比。如果是孔雀开屏，更是无与伦比，即使是静态的图案，也能透出壮观的美丽。诸多作品将佛塔、赕佛活动、佛教故事、菩提树、莲花、象脚鼓、铓锣、龙亭、色勐、色曼及送给亡者的阴房、棺罩、金银树、金银山、宫殿、坐骑等艺术化，呈现了深层的精神图景，使人一看就知道，佛教文化与原始宗教文化并存，二者之间早已从相互排斥到相互让步，再到相互包容、和谐共存。

纷繁的剪纸艺术中隐藏了很多有趣的故事。如：一种叫"喳"的剪纸，修长精美，有象征性图纹。相传，很久以前，有个小和尚在深山寺院里修行，一直没有回家探望过父母。住持为其算命后，知道他再过七天就会死去，觉得这孩子非常可怜，想让他在最后的日子里陪同

经幡

双亲，于是就给他放了长假，让他回家住满七天再回来。小和尚在回家的途中突然发现路边的一棵大榕树的树杈被风吹断，断开的地方还连着一部分。他觉得树木是有生命的，怜悯之心油然而生，便用泥土敷在榕树的伤口上，再用树叶包上，用藤条绑好。濒临死亡的树杈得到救护，断裂的口子渐渐愈合，大榕树依然生机勃勃。七天后小和尚回到寺院，住持大吃一惊，急忙问他在路上遇到过什么，小和尚如实回答。住持听完后深深赞叹，并说："你做了一件大善事，不但挽救了榕树的生命，还挽救了你自己的生命。"

从另一方面讲，傣族剪纸表达了恒久的生态观。傣民族在远古时代有过长途跋涉的经历，最后定居于水美草肥的河谷平地，芒市是其中之一。这些地方四季如春，风光旖旎，冬无严寒，夏无酷暑，神秘而富庶的土地给他们提供了优越的生活条件。他们感恩自然、崇尚自然，祈求年年风调雨顺、五谷丰登。他们敬畏自然、热爱自然、热爱生活，在内心深处充满了对幸福生活的向往。所以剪纸艺术涉及傣族日常生活的各个领域，作品题材除孔雀、大象、金塔外，紧扣现实生活，多为水牛、粮食、瓜果、花、鸟、鱼、虫、兽等，反映原汁原味的朴素之美，意为通过辛勤劳动，大自然给予的优厚回报。希望在这片土地上能够长久地、幸福地生活下去。一个民族因自然的恩赐心怀感激，因土地的富饶而充满希望，因生活的美好而倍感欣慰。剪纸作品造型优美、明快、雅致，是不可多得的民间艺术品。他们源于自然、顺应自然，这种理念就是当代人最缺乏的。当我们走出狂躁不安的闹市，在宁静的乡村欣赏这些作品的时候，心灵就仿佛找到了安然的居所。

这些有价值的艺术品多出自名家之手，作者长期游走在民间，熟悉本民族的生产生活，吸纳了丰富的营养，经过潜心创作，作品具有明显的地域性和民族性，以独有的风格出现在人们的视野里。与此同时，一些具有代表性的民间艺人成为文化传承人。

思华章，男，傣族，生于1923年，卒于2011年1月25日。生前居于芒市勐焕街道。精通剪纸、绘画、金工、雕刻等，被当地傣族称为"撒拉"，意为造诣深厚的大师。思华章1999年6月被云南省文化厅命名为"云南省民族民间美术大师"，2007年6月被文化部命名为"第一批国家级非物质文化遗产项目傣族剪纸代表性传承人"。代表作有《嘎光》《孔雀》等，其剪纸作品精致细腻、生动传神、气氛热烈、联想丰富。

银宗德，男，傣族，生于1930年5月6日，居于芒市勐焕街道，可谓鲐背之年。其人爱好广泛，不但擅长剪纸、扎

纸、绘画、民间文学创作，还能主持傣族民间婚丧、节庆等，长期担任芒市菩提寺住持，被当地傣族尊称为"贺露"，意为带领村民赕佛的住持。其剪纸作品特点是图案细腻、画面整齐、均匀美观、线条纤柔而绚丽。代表作《便扎露拔》独有创意，在龙头、象鼻、麒麟、鱼尾等画面中巧妙融入了五星红旗、镰刀和锤子的时代元素，展示了特定历史时期的剪纸风格，时代特征明晰。

邵梅罕，女，傣族，生于1963年2月4日，居于芒市风平镇。现为国家级非物质文化遗产保护名录傣族剪纸项目的国家级传承人，作品曾多次在国内外获奖，享誉四方。剪纸是她生活中不可缺少的重要部分。早在青少年时期，邵梅罕就爱上这门艺术，长期坚

①中国·德宏2015国际泼水狂欢节最大傣族剪纸申报世界纪录现场认证

②傣族剪纸

持,锲而不舍,在艺术的道路上进行跋涉。天道酬勤,励志之人总会有收获,个人勤奋加上自己的天赋,邵梅罕最终成为家喻户晓的剪纸大师,成为人们公认的"金剪刀"。数年来,邵梅罕凭一把剪刀走遍祖国大江南北,还应邀到美国、日本、墨西哥、马耳他等国家展示才艺,学习交流,备受赞誉。邵梅罕的作品以女性独有的敏感和视觉,应用剪纸特有的艺术语言,把充满浓郁的傣乡特色纳入创作的源泉。她的作品取材丰富,脱颖而出,溢满浓浓的乡土气息,收到良好的艺术效果,引起越来越多的关注。代表作主要有《泼水节》《吉祥如意》等。邵梅罕的作品擅长应用物像与物像之间的简繁、疏密的块面和线条对比,画面错落有致、丰富有序、造型简练、夸张得体、生动有趣,使司空见惯的生活和劳作产生诗情画意的意境。

　　傣族的民间剪纸已成为中外文化交流的桥梁,正在走出国门、走向世界,成为全人类共享的文化资源。

傣族剪纸

# 德宏第一位共产党员罗志昌的传奇人生

> 罗志昌出生在云岭边陲一个叫坝竹的小山村，当这里的人还不知道延安是怎么回事的时候，他就坐在宝塔山下聆听毛泽东、陈云的讲话，在习仲勋的领导下做地方工作。

罗志昌，云南人民的好儿子，德宏州第一个共产党员，他的故事曲折传奇、也是早期云南青年精彩的斗争道路的缩影。

罗志昌（曾用名罗自昌），1914年出生在云南省德宏州芒市下东乡坝竹村。1931年从龙陵象达高小毕业后，随象达人滇军师长、省民政厅厅长朱晓东到昆明，进昆华中学初中部读书。罗志昌就读的昆华中学，那里有许多受五四运动影响的进步师生，在那儿通过朱晓东认识了同是龙陵人的朱家璧等一批滇西老乡。1934年，罗志昌考进昆华师范以后，更加追求进步，开始接受革命思想的影响。1936年，他们组织新文学研究会，出版《新文学》月刊，将东方初现的一缕曙光投射到昆明的街头巷尾，乃至云南的一些城镇校园。抗日战争爆发后，家境殷实的罗志昌便投入各种抗日救亡运动，担任了"云南省学生抗敌后援会"的出版部部长，将雄厚的经济实力全部用于工作上的各种活动中。这期间，他认识了在昆华中学当教员的中共地下党员李群杰。李群杰对他一番严格考核后，介绍他加入了中国共产党。而此时正是国民党大肆逮捕、屠杀共产党的白色恐怖时期，罗志昌和同时入党的几个青年都义无反顾地做出

1940年,罗志昌在马列学院学习

了自己无畏的选择。

"西安事变"后,罗志昌积极参加校内的时事读书会,同时参加云南地下党创办的刊物《前哨》的出版工作。"七七事变"后,他立即和校内外的进步青年一起,积极发动学生开展抗日运动,被选为昆师学生代表参加"云南学生抗敌后援会",成为这一组织的主要领导人之一。1937年,他在昆明正式加入中国共产党。1937年12月,罗志昌从昆师毕业,奔赴向往已久的延安。

到延安后,他先后在瓦窑堡抗大分校和中央组织部党员训练班学习,聆听了毛主席、陈云的讲话。天下兴亡,匹夫有责,这个来自云岭边陲的青年在延安进一步高扬发自内心的理想主义旗帜,树立了共产党员的坚定信仰。踌躇满志中,他将自己的名字改为"罗志昌",让理性与激情为伍,充分燃烧生命的烈焰。

不久,罗志昌被调到陕甘宁边区绥德地委统战部任干事,

在地委书记习仲勋的直接领导下做地方工作。黄河沿岸是战争的旋涡，他活跃在发动群众参加抗日游击战和全民大生产运动的一个个会场内外、山沟峻岭。红米饭、南瓜汤、大生产、兄妹开荒……这些显示着延安生活的特定词语和环境，在罗志昌心中有着一种慷慨激昂的激励和刻骨铭心的情感。

1945年8月，日本投降，中央组织部调罗志昌到东北，任合江省勃利县县长。罗志昌心里一直念着绥德边区的黄土地红山丹，直到8年后女儿出世，还将女儿的名字改为"丹丹"。然而，组织的命令、东北的硝烟是另一个战场的集结号。勃力那一带正是后来《林海雪原》小说中杨子荣和他的战友们战斗的地方，罗志昌虽然没有卧底威虎山、全歼座山雕那样的传世故事，却在一个同样名为"夹皮沟"的地方，带领民兵和剿匪部队，在天寒地冻中消灭了东北四大匪首之一的谢文东……

东北全境解放后，罗志昌同周保中、刘林元等云南籍的老领导一道，随同"西南服务团"南下。对于罗志昌来说，又是一次不同寻常的万里征程。1950年2月，当西南服务团进入云南的东大门沾益县时，面对沾益3000多人的欢迎队伍，罗志昌忍不住热泪滚滚。久别的云南土地更加赭红，云彩更加斑斓，离别12年的故乡一片蓬勃生机地展现在罗志昌面前。之后，他的工作岗位不断变化，滇南的锡山、滇东的铜矿留下他似乎永远不知疲倦的身影，以礼河水电站更融有他的意志和理想……他最后的职务是云南省电力管理局副局长，这职务在"文化大革命"中却成了"走资本主义道路当权派"的罪恶帽子，加上罗志昌当年在昆明读书时，另一位叫罗自新的同校学生加入了国民党，"造反派"硬说那个罗自新就是罗志昌，使冤案压顶的罗志昌蒙冤致死。他被"造反派"打瞎了一只眼睛、打聋一只耳朵，牙齿打掉四颗，但他还动员自己的女儿加入共产党。他说过："正如有的人精于商道，有

1956年的罗志昌

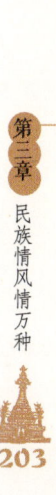

的人烧香念佛，有的人虔诚信教，可我们追求的是共产主义理想，无论何时何地，也不管过去、现在和将来，永远跟党走！才最有前途，最有希望。"

如今，罗志昌静静地躺在故乡的怀抱里，任清风徐徐，白云飘过。他追求的共产主义大旗愈加鲜艳夺目地飘扬在云岭高原、中华大地追梦圆梦的高地上。

❶ 罗志昌革命史实陈列室
❷ 罗自昌故居纪念碑

## 战争硝烟中走来的共和国老兵

> 冯为民,原名冯晚瓜,14岁当兵时,他不知道自己的名字怎么写,人家问他名字时,他说大碗的碗,南瓜的瓜,直到后来大伯告诉他,他是家里9个孩子中最小的一个,所以父亲给他起名冯晚瓜。

战火消退70多年的今天,抗战老兵已屈指可数,冯为民是芒市为数不多的抗战老兵之一。冯老是一位非常有亲和力的人,完全没有军人的威严,让人容易亲近。英雄暮年,回首往事,凭着清晰的记忆,冯老经常翻阅岁月的旧历,走进那激情燃烧的岁月……

### 起源:逃荒乞讨的岁月

冯为民于1929年出生在山西省太行山下高平县的一个贫困农民家庭,由于战事频繁、自然灾害又多,家里无法维持9个兄弟姐妹的正常生活,12岁的冯为民只能跟着三哥一路乞讨为生。

1944年,15岁的冯为民出去逃荒,一路乞讨。那年月,大家都穷,几天讨不到饭都很正常。年幼的冯为民每天都看到村子里因饥饿而死去的村民,心里的恐惧与日俱增。一天,在吃尽了所有树皮后,已经饿了两天的冯为民乞讨到同样饥饿的苦命人家,大家

冯为民

看他可怜，就含着眼泪给了他一把玉米。他强压内心的喜悦，小心翼翼地攥在手里不敢打开看，指甲深深地嵌到肉里，生怕手一打开玉米就飞走了。他心里无尽期盼着：那么多天吃树皮草根，这次回去终于可以吃到玉米了。不料回到家里小心翼翼地打开看时只是一把玉米皮，此时恰遇一阵小风吹来，吹走了他这一路视如珍宝的玉米，也吹走了他心里最后一丝的希望……70多年后，老人说起这段经历时眼眶还湿润了，声音有些颤抖。对于冯老而言，饥饿的滋味，不仅是胃里饥火烧肠的不适，还是心理和情感上的隐痛。

## 转折：天无绝人之路

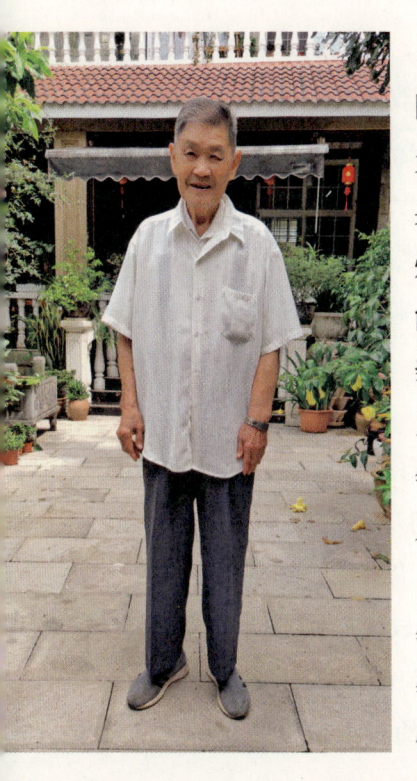

1944年7月，冯为民在山西安泽县遇到了陈赓总部，国民革命军第八路军收留了这个年龄和身形极不对等的冯为民。由于长期饥饿挨冻，他瘦弱不堪，一头像鸟窝似的头发打了无数个结，嘴唇上没有血色，满是灰土的衣服破烂不堪，手和脚细如竹竿，身体薄得好像一张纸，随时可能被一阵风刮跑。入伍的时候，他的个子还没有枪高，军装穿在身上显得空荡荡的，鞋子太大不能穿，只能用刺刀在脚后跟上打了个孔，用线绑上。1944年7月至1948年，他编在国民革命军第八路军四纵队十一旅警卫连三排八班。

在这段时间里，他曾参加过1945年的抗日战争，1946年的延安保卫战，1947年的中南、华南、西南战役，1948年的淮海战役和渡江战役等。1948年3月攻打下洛阳的时候，他所在的警卫连改成骑兵连。

冯老的徽章

## 奋进：那些浴火奋战的日子

　　1948年的淮海战役打得极其惨烈，由于伤亡惨重，骑兵连、工兵连、通讯连都加入了战斗。冯老所在的骑兵连将马留在30千米以外，步行参加战斗。战士们白天参加战斗，晚上要一刻不停地挖战壕逼近敌人。为了躲避敌人的照明弹，战士们只能仰面朝天地斜躺着装死人，四肢却不断地搓着地面，双手握着十字镐挖着，动作不能太大，在身体的掩护下不断地挖着地面，等土松了又铲出去，一个人要挖4米深的战壕。一天夜里，冯老和战友们一起挖着，照明弹移去的瞬间大家有说有笑，突然一个战友不说话了，冯老转身去摸了一下，他满脸湿乎乎的，原来是一颗子弹穿过战壕外的松土穿过了战友的太阳穴，像这种命悬一线的故事在这场战争中实在是不胜枚举。

　　1948年，毛泽东将内战初期"保存自己，消灭敌人"的口号改成"不惜一切代价牺牲，力图大战取胜"，战斗进入胶着状态。在绝大多数阵地被炮火摧毁的情况下，前沿阵地的部队一个连、一个排打得只剩下几个人，但却没有一个人放弃，战士们誓死与阵地共存亡。部队给每位战士都发了一张光荣证，规定放在右胸口袋里，如果牺牲了好辨认身份。经过65天的艰难苦战，淮海战役大获全胜。当时，解放军已经占领了长江以北的半壁江山，而国民党政府已经开始走向日暮途穷，南京的大门也已经洞开，中华民族未来的走向越来越清晰……

## 抉择：毫不犹豫地跟党走

在那信息闭塞的年代，冯为民的家里人以为他早就饿死街头，或者沦落他乡依然乞讨。直到1949年淮海战役结束，我军主力已经渡过了黄河，刚到河南的时候，被前来寻他的三哥遇到，三哥对他百般劝说，说母亲一直非常想念他，叫他回家，但冯为民一心想着打仗，坚决不回去。他跟三哥说："如果没有遇到共产党的部队，我早就饿死街头了，我的命是共产党救的，我要永远跟着共产党走。"

## 细节：那些温暖一直未变

冯老在1982年，因患咽喉癌做过手术，不能清晰地发声，笔者却从冯老的眼神中感受到了温暖和热情。在冯老不大连贯的讲述中，我听到了电视电影里没有的惊心动魄的情节。

1946年，17岁的冯为民参加延安保卫战，跟部队攻打洪洞县时，战斗打得异常激烈，他们遇到了敌人的猛烈攻击，枪弹从每个黑暗的角落里射出来。一队又一队的战士冒着枪林弹雨向前方的城墙冲去，一个接着一个的战士倒下了，仍然有人呐喊着向前奔跑，鲜血染红了整个战场……初生牛犊不怕虎的冯为民急红了眼，跟着打前站的战士匍匐向前推着梯子，在爬

冯老的徽章

上城墙时，子弹和手榴弹不断地从他耳边飞过，当一颗手榴弹在他耳边爆炸的时候，他被前来的担架队抬进了临时组建的卫生室。醒来后有一只耳朵听不见了，卫生员叫他躺下好好休息，他不干，爬起来就跑，一直跑回自己的部队继续投入战斗。

1946年，"打倒胡宗南，捎带阎锡山"的口号响彻延安保卫战战场。在攻打孝义县时，正值白雪皑皑的冬天，战士们将身上的棉衣翻过来穿，露出白色的衬布，与雪景融为一体。他们推着梯子匍匐前进，在国民党兵还在睡梦中的时候，以迅雷不及掩耳之势攻下了城。当最后一个敌人在血泊里倒下，战争胜利了，满目疮痍的战场上响起了震耳欲聋的欢呼声，只是那命悬一线的惊心动魄始终萦绕在每个人的心头……八路军将国民党的粮仓打开，把粮食全部分给城里的老百姓，百姓欢呼着度过了一个温暖的冬天。冯为民深深地感到，就因为共产党心里一直装着老百姓，所以深得民心，在哪儿都能得到老百姓的支持。

## 经历：各类奖状记录了他的军旅生涯

　　1948年至1952年，冯为民调到十四军军部的骑兵排；1951年底支援西藏，担任骑兵排排长；1952年，西藏解放后回到丽江，在丽江召开的庆功会上，他被授予一等功。当时他在十四军辎重团警通连担任副排长；1952年底到1958年在四十一师一二一团运输连，其间，1952年底分配到芒市，在四十一师一二一团运输连二排担任副排长；1953年在四十一师一二一团运输连二排担任排长；1954年，在四十一师一二一团运输连任副连长，在营房建设中，全连荣获二等功；1958年3月，他作为军转干部到遮相农场，在参加修建东大沟工程中立大功一次，其他建设立功两次；1973年4月，他调到十四团一营任副营长；1985年6月离休。

　　在冯老的家里，一个柜子里整齐地摆放着各种奖状和证书，望着这些记录他14年军旅生涯的荣誉奖章，老人的脸上露出了幸福的笑容。

　　如今，冯老最大的心愿就是想去自己战斗过的地方走一遍，他已经去过好多地方了。每当看到曾经满目疮痍的景象变成如今的繁华都市，内心感慨良多。冯老的愿望是：想将自己的纪念章捐给淮海战役展览馆，作为永久的纪念。

# 孔雀公主万小散

曲终人未散，2013年5月2日，中国傣剧表演艺术的领军人物万小散被病魔无情地吞噬了生命。傣剧陨落了一颗璀璨的星星，令人无限惋惜，傣乡的金孔雀——万小散却永远留在了人们的记忆中！

1963年，万小散出生在遮放一个傣族村寨的农民家庭。众所周知，遮放软米名扬四海，遮放也有着浓郁的傣族文化氛围。这里的人民酷爱傣族文化，对傣剧艺术更是情有独钟。据史书记载，早在20世纪40年代末期，在土司的提倡和支持下，遮放几乎每个村寨都有傣剧队，傣剧队除在本村演出外，还常到别的村寨交流演出，傣剧的演出已成一种时尚。土司还定期举办各村寨的傣剧会演，优胜者给予奖励，渐渐地，遮放便成了傣剧人才成长的肥沃土壤。万小散就出生在这种傣剧氛围浓郁的环境中。从小耳濡目染，给她播下了热爱傣剧的种子。万小散自幼就喜欢唱歌跳舞，在村寨里小有名气。1979年，德宏州傣剧团到寨子里招收学员，剧团的老师一眼就看到这个身材修长、歌声清亮悦耳的16岁小姑娘万小散。之后，万小散成为傣剧团的一名小学员。刚进团的万小散，看什么都不懂，什么都新鲜。老师教的基本功学得很认真，在老师们的眼中是个很听话的小姑娘。

1980年，17岁的万小散凭借大型傣剧《娥并与桑洛》崭露头角。她用声情并茂、委婉幽怨的演唱，自然质朴、细腻传神的表

著名傣族表演艺术家万小散在2007年芒市地区泼水节文艺晚会上登台演出

演,把一个美丽善良、向往美好爱情最终被恶势力毁灭的傣族妇女的悲剧很好地表现出来。万小散把女主角娥并的扮演达到了"心与物化""物与神游"的境界,获得了极大成功。万小散曾在傣剧《娥并与桑洛》《海罕》《朗推罕》《竹楼情深》《老混巴与小混巴》《冒弓相》《相勐》《兰嘎西贺》《南西拉》等20多部大小剧目和歌舞晚会中扮演主角与担任重要角色,成功地为观众塑造了众多个性鲜明的舞台人物形象。《南西拉》一剧于2007年获得中国少数民族戏剧学会最高奖——金孔雀奖,被戏剧界专家认为是傣剧发展史上具有里程碑意义的优秀作品。同年，万小散被授予"云南省青年舞台表演艺术家"称号。《南西拉》中，她用"如春风吹皱春水，似清泉流出山涧"的演唱风格奠定了她孔雀公主的美好形象，深受国内傣族观众的喜爱，也得到缅甸等东南亚国家的傣族观众的喜爱，受到业内专家的高度评价。

傣族勤劳、善良、勇敢，傣族文艺丰富、多彩、神奇。傣剧艺术是傣文艺的集大成者，而万小散正是当代傣剧艺术最具代表性的一面旗帜。从艺30多年来，她勤学苦练，刻苦钻研，不断进取，除全面继承傣剧旦行表演艺术体系外，还向滇剧、京剧、歌舞等其他剧种和其他艺术门类学习，以丰富、完善、发展傣剧旦行的表演艺术。她德艺双馨，以德为先，常年深入基层，坚持送戏服务。常年吃饭不准点，万小散落下了病根。她的足迹踏遍德宏州的山山水水，表现出了一个人民艺术家的高尚品质和道德风范。

由于我国德宏州与缅甸毗邻，胞波情深，源远流长，这里开放着一扇对外文化交流的窗口。由万小散领衔主演的德宏州傣剧团几乎每年都应邀到缅北一带演出，由于她天生丽质、形象好、舞姿美、表演精、歌声甜，因而深受缅北民众的喜爱，爱屋及乌，他们直接把傣剧团称为"万小散剧团"，由此可见她舞台艺术的深远影响和国际意义。在某种意义上可以说，她是一位践行以邻为伴、与邻为善的和平外交和文化友好使者。

一分耕耘，一分收获。万小散凭着对傣剧艺术的挚爱和孜孜不倦的追求，用自己的智慧和才情，开创了傣剧发展历史上的"万小散时代"。她将傣剧艺术的足迹踏遍了德宏傣族的村村寨寨，走到了北京，走出了国门，并远行万里，走到了大洋彼岸。30多年来，万小散多次在省级、国家级艺术竞赛和展演中获奖。1991年在"第三届上海国际音乐节"展演中获奖，1992年参加全国戏剧小品比赛获表演奖，1993年参加云南省第二届青年学员比赛获得最佳奖，1995年参加"中国上海民族音乐节"展演获表演奖，1999年参加中央电视台"九九吉祥"春节晚会，2000年参加云南省新剧目展演获表演一等奖，2005年获云南省第三届戏剧山茶花奖，2007年参加第一届中国少数民族戏剧会演获优秀表演奖，2010年获中国少数民族戏剧学会金孔雀大奖。鉴于万小散为传承弘扬傣剧艺术所做出的突出贡献，2000年她被授予云南省优秀青年演员称号，2002年获云南省有突出贡献优秀人才奖，2004年被评为国家一级演员，2006年被授予云南省青年表演艺术家称号，2010年被评为云南省传统戏剧非物质文化遗产传承人，2011年享受云南省政府特殊津贴。

万小散虽然已经辞世，但人们永远不会忘记她为推动傣剧艺术成长所做出的杰出贡献。历经"万小散时代"，傣剧艺术有了全方位的提高，并完成了从量变到质变的飞跃，发展成为在全国少数民族戏剧中具有鲜明的艺术个性、浓郁的民族风格和独特的艺术魅力，占有特殊而重要地位的优秀的少数民族剧种，被誉为"东南亚艺术明珠"，焕发着夺目的光彩。

# 第四章
## 美食情挥之不去

从古至今许多游子走南闯北，寻找自己的第二故乡，当抵达这块遥远边城的时候才发现这里是自己梦寐以求的栖居之地，是傣族的幸福家园，景颇族的"文邦圣亚"，傈僳族的"诗蜜瓦底"，其温暖的气候、丰富的物产、诱人的风味成为一生的牵挂。

# 香茗不老

德昂族的茶文化不但体现在种植、生产、加工、销售和饮用及生产生活中，而且还作为神奇的图腾出现在历史上。古老的茶农从茶叶的神话中走来，先祖的力量战胜了恶魔，开辟了荒凉的世界，给后人留下有别于其他民族的创世理念。茶不但缔造了精神财富，而且架起了物质财富的云梯。

## 奇异的创世理念

创世史诗的神话图景似乎有一个谜底，谜底虽未揭开，但神奇的故事就是一个民族的精神底色。

"天空雷电轰鸣，大地沙飞石走，天门像一个葫芦打开，一百零二匹茶叶在狂风中变化，单数叶变成五十一个精悍伙子，双数叶化为二十五对半美丽的姑娘。"天界下凡的茶仙历尽千难万险，表现出极大的奉献精神，开辟了美好的人间，装点了荒凉的大地。在共同经历了一万零一次磨难后，五十个小伙子和五十个姑娘返回了天界，只有小弟弟和小妹妹坚持在地球上生活，繁衍子孙，成为德昂族人的始祖达楞和亚楞。由此，德昂族人奉茶树为图腾，顶礼膜拜。

这种奇妙的故事，会舒展你想象的翅翼，神游历史的天空。猜想、假设、推理，神话与现实，远古与当今，充满了迷离诱人、

**德昂族——"古老的茶农"**

飘然神奇的色彩。人类的图腾总是具有超然的力量,因为面对变幻莫测、残酷无情的大自然,需要找到一个驾驭自然的精神动力。各民族都有自己的"神",仅是叫法不同,德昂族人的"神"是一个叫"混尚毕姐"的天神,在创世史诗《达古达楞格莱标》中有他的故事。他不但赐予人类饮食,拯救人类的疾苦,还把茶仙派到人间,征服邪恶,改造大地,并成为人类的始祖。德昂族对混尚毕姐茶神充满了感恩和崇敬。

创世史诗《达古达楞格莱标》世代传唱,壮丽的茶神图景源远流长。这首德昂族古歌语言朴实,意境美妙,形象地勾画了德昂族的历史长篇,对人类的起源做了最独特的解释,表现出奇异的神话观和宇宙观。德昂族古歌与众不同的创世理念在其他民族中很少见。史诗记述了许多优美动人的故事,形象地描述、反映了历史的演变,是一个民族的精神底色。通读全诗简单,但真正理解不容易,字里行间隐藏着诸多鲜为人知的东西。古歌是一部综合性的叙事长诗,茶叶传奇仅是其中的一部

分，里面的内容十分丰富，值得探索与研究，如关于妇女满天飞、后被腰箍套住的记述，反映了从母系社会转变为父系社会的概略记忆。这些情节不加以琢磨，很难透视其中的谜底。所以，要深层了解德昂族，应该先读懂《达古达楞格莱标》。

"黑夜刚刚消失，洪水又泛滥，五十一对兄妹呼声连天，惊醒了智慧的帕达然。他伸个懒腰把地震裂，让水往下流淌；他打个呵欠唤来风，让茶叶姐妹去施展力量。堆得九万九千九百尺高的茶叶，哗啦啦冲开天门两扇，驾着清风驱洪水，茶叶到处洪水让，洪水退处大地现，德昂山的泥土肥沃喷香，因为它是祖先们

身躯铺成。每座山林都有吃的，阿公阿祖留下了金仓。"德昂族崇拜、热爱茶的历史亘古绵远，被其他民族誉为"茶的民族""古老的茶农"，这话一点不假。来自天界的茶神消退了地球的洪荒，化惊涛骇浪为和风细雨、鲜花绽放的美景；茶神遏制了凶残的恶魔，让世界充满善良与互爱；茶神开垦荒野，孕育子孙，让清冷的世界变得热闹欢腾。一个古朴、深沉的民族，带着茶叶浓郁的芳香，走过了漫长的历程。美丽的神界图景充满了力量与智慧，是德昂族人战胜自然灾害，与各种邪恶作斗争的精神支柱，也是一笔珍贵的图腾文化遗产，在世界茶文化的宝库中独放异彩。

在古代，这个民族就充分认识到茶叶的实用价值，并广泛种植，开发上市，他们是我国种植、加工、经营茶叶最早的民族。历史上，德昂族开垦种植过广袤的茶园，直至今日依然有存活的古茶树分布于各地，芒市勐戛的茶叶箐就是德昂族居住

❶ 采茶忙
❷ 品茶

的村寨，"箐"即箐林，可想而知，那里的茶树曾经漫山遍野。

德昂族用自己生产的茶叶与周边各民族换取生活必需品，还大量销往更远的地方，南方丝绸之路，茶马古道留下了他们的身影。宋元时期，茶叶作为商品在集市中大量销售，产生了很大的经济效益，创造了充足的财富，被称为"金茶""银茶"。隋唐宋元时期，德昂族十分富有，打仗的时候，族人被俘也用金银去赎回。《招捕总录》记载：元至治二年（1322年）镇西路（今缅北新城一带）大甸火头阿吾与三阵作乱夺下不岭寨，俘虏五十个蒲人，其族各以三百两银子赎一人，把五十人全部赎走。由此可见，当时的金银货币在金齿民族中已有相当的积累。

茶叶是德昂族人的命脉
有德昂族人的地方就有茶山
有茶山的地方就有动人的故事
神奇的《古歌》代代相传
德昂族人的身上飘着茶叶的芳香

这首清纯悠远的古歌，是一个茶树民族的道白，他们的思想境界、经济命脉、日常生活等无不与茶叶相连，一生一世与茶结缘。孩提时代嬉戏于茶林，青年时代谈情说爱于茶林，晚年在夕阳陪伴下追忆一生与茶共度的时光。

经过千百年的历史积淀，德昂族茶文化内涵相当丰富，具有浓郁的民族特色，并充分体现在社会生活中。爱情生活、婚姻习俗、亲朋好友的交往、宗教祭祀活动等都离不开茶叶。

一包成年礼茶开启人生的新时段。十四五岁的少男少女展露出青春的气息，某天，他们会收到一小包茶叶。茶叶就是请柬，"首冒"（男青年头目）、"首南"（女青年头目）将为他们举行青年集会，邀请他们参加。捧着茶叶的小伙子、小姑娘，心里会很激动，因为从此自己就是大人了，可以进入社交圈子，可以谈情说爱，曼妙的人生开始了。

一包媒茶试芳心。德昂族青年男子串姑娘叫"毫味尼别牙"。小伙子钟情一位姑娘又羞于启齿怎么办？他们有自己的方式，小伙子会托人带包茶叶去姑娘家串门子进行试探，或由首冒带着一大群小伙子到姑娘家喝茶、对歌。到春意融融、绿茶满山的时候，更是爱情的季节，青年人互相邀约，成群结队涌上茶园，手里采着鲜嫩的枝条，嘴里唱着含蓄的采茶调，用歌声赞美家乡的山水，倾诉心中的向往，传唱世代不衰的情和爱。欢快的场面，活跃的气氛，消除了羞怯的心理，小伙子大胆接近意中人。两人娓娓谈心，互相熟悉对方。经过双方初步交流，几天后小伙子就托人送去一小包茶叶，若姑娘有意就收下，若不喜欢则婉言拒绝。收下茶叶的姑娘会慢慢步入爱河，一段充满民族情调的爱情生活就开始了。

一包情义茶传递真诚友谊。人生一世，情义最重，德昂族人自古以来保持着热情而真挚的情感，贵客光临或有朋自远方来，总是高兴无比。一杯香气浓郁、风味独特的烤茶使宾主之间感受亲切，分别时还要赠送一包茶叶，以示双方友谊如茶香浓，地久天长。两地相思的恋人，互送一包茶叶，那是一封无言的情书，带去深深的爱恋与思念。

在社会交往中，总是体现出浓浓的茶意：小酒茶、婚礼茶和干爹茶、干妈茶等。两人产生了误解，也是送包茶叶表示歉意，消除隔阂。如送钱物，却会适得其反。茶叶有着不同的用途，亲情、爱情、友情是人类永恒的主题，德昂族用茶叶传情达意，沟通思想，增进友谊，延续着千年习俗，一切真诚都在茶的甘苦回味之中。所以，茶叶渗透了德昂族茶人的思想理念，一个民族对茶如此情有独钟，实属少见。

## 德昂族酸茶：凝固的山泉

德昂族酸茶有自己独特的历史地位，它起源于战争的需要，其制作方法与众不同，显示出古老民族之特质文化。

说起品茶就会想起普洱茶、龙井茶、铁观音等名品，其实喝德昂族酸茶也别有一番风味。正宗的产品不论是历史的味道还是现实的体验都与其他全然不同，凡是见证过酸茶制作和品尝过这种产品的人都认为其具有民族的文化意蕴，给人留下深刻的印象。

每年的初春，是生产德昂族酸茶最好的季节，一代又一代的传承人都有自己的师傅，掌握了一整套技术。他们严格按照传统的制作方法，择日采摘，择地入坑，择时封坑，一丝不苟，有条不紊。茶叶在深深的土坑里沉睡数月后按时取出来晾晒，然后进行包装。

具体程序究竟是怎么一回事呢？整个过程完全在人们的想象之外。以初春季节为例，正月初九（因为德昂族制作酸茶别有讲究，必须选择三六九的日子，用单日而不用双日）这一天，采摘一批鲜叶，在铁锅里焖熟搓揉后晾在竹笆上。接下来要进行的就是发酵，其中包含着一个边地民族的神秘文化。在茶山旁边的空地上寻找适合的地方，位置当阳，土质良好，确定后挖一个很大的土坑，将龙竹破成两半铺在土坑底部，接着在竹子上面和四周安放三层新鲜的芭蕉叶，然后把茶叶装进去，再用芭蕉叶盖上。茶叶共分五层，每天完成一层。即将封坑的时候，进行一种古老的仪式，传承人要祈祷，左手摸着自己的胸口，表情极为虔诚。祈祷的大意是：尊敬的天神、地神、树神、水神，特此向您禀告，我们要在这里开坑制作酸茶，秉承千年古规，谋求生活的出路，恳请神灵护佑，制出上等酸茶。

德昂族酸茶诞生记

仪式结束的时候晚霞满天，太阳的余晖洒落在山水间，景色满含诗意。此时正值傍晚，凝视遥远的西山，当夕阳徐徐滑落、坠入大山的时候，即刻封坑，用三层芭蕉叶盖住坑口，木板铺在上面，再用几个大石头压在板子上。至此，发酵工序已经结束。

依照祖规进行的全部程序，祈祷和封坑是最关键的环节。据说，祈祷之时传承人在恍惚中能看见某种吉祥物，诸如牛、羊或是龙凤等，预示制茶将会获得成功。如果什么也看不见，四周空空如也，则视为不祥，说明茶神没有指明方向，发酵出来的茶叶会腐烂或是被土里的蛆虫蚕食，出现严重的质量问题，甚至彻底失败。封坑的时候特别讲究时辰，一定要抓住太阳落山的时刻。太阳收起最后的光束，大地开始黑暗，世间万物渐渐进入休眠状态，此为封坑

德昂族酸茶诞生记

德昂族酸茶诞生记 | 的最佳时刻。

又是一个好日子，酸茶发酵九十九天的时候终于开坑了。太阳从东方喷薄而出的同时，发酵的土坑打开了，晨光温暖着山野花木，微风轻盈，百鸟欢唱，茶叶重见天日，等苏醒过来的时候金灿灿一片，像黄金一般耀眼，非常漂亮。乘着如火朝阳，出坑的茶叶重新回到竹笆上躺着，经过几天的晾晒，颜色变得乌黑油亮。如果有朋友到来，就能享用第一杯成品，开水浸泡后茶叶又回归金黄色，在开水里悠然晃动，美妙至极。喝起来的时候感觉风味十分浓厚，口感特别舒适，"藏在深闺人不知，微酸微苦味甘甜"完全概括了酸茶的品质。生产出如此好茶，说明茶神护佑，助人一臂之力，传承人和徒弟们都欣悦无比。

如果想了解德昂族酸茶的起源，那就走进德昂族山寨，夜深人静，围着火塘，把酸茶烤黄，把茶罐烤烫，开水注入茶罐里发出轰隆、轰隆的响声，此为"雷响茶"，其味更香。最重要的是能听故事，探索德昂族酸茶的文化源头。原来此名品最早源于战争的需

要，古时候曾经战火连绵，德昂族战士经常出征，为了解决长途行军口渴难耐的问题，族人把茶叶发酵后制成茶膏，每人携带一小块，早上食用一次，一整天嘴巴里都回味甘甜，如同喝过山泉水一般滋润，这就是酸茶的特殊功效。战争结束后，茶膏慢慢演绎为茶坨、茶饼或散装茶叶，其品质仍然不变。作为土特产品，如今飘然面世，颇受市场青睐，供不应求。所谓茶文化主要反映在历史起源、采摘、加工、包装和食用等方面。真正的德昂族酸茶不但加工制作比较特殊，干净卫生，一尘不染，符合检验标准，而且蕴藏着浓厚的民族文化，产品来之不易，要想喝到正品并非易事。

离开德昂族村子，走出密布的森林，茶乡渐远，茶香渐淡，而德昂族人的茶文化是一道绚丽灿烂的人文景观，会长久深印在脑海里。

德昂族酸茶是凝固的山泉水，从远古悄然而来，给现代人杯底留香，舌根留甘，令人难忘。

## 官寨茶即官家专用茶叶

清茶吐绿，佳茗飘香。2019年4月19日，德宏首届官寨

官寨古茶采茶仪式

"茶王"采摘仪式在芒市中山乡黄家寨举行,在"寻找最美孔雀公主大赛"中,七位最美丽的"孔雀公主"脱颖而出。

  顾名思义,官寨茶即官家专用之茶。芒市官寨茶植于今中山乡黄家寨,此地曾经是勐板土千总衙门所在地。蒋家俊,字哲民,生于1913年,幼年在土司府念私塾,后到龙陵就学,勤奋刻苦,具有较高的学识,承袭勐板第十任土司后,勤政务实,政绩可观。1932年,蒋家俊娶缅甸果敢土司杨文

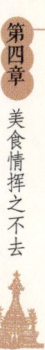

炳之妹杨庆英为妻，因果敢大山白毛尖茶品种优良，特意引进种植，获得成功，是最好的白毛尖茶，百姓谓之"官寨茶"。官寨茶生长之地，山高林密，泉水清澈，日照充足，气候湿润，茶叶长势良好，品质卓越，一杯茶冲四五道水后茶味犹存，有"舌本留甘，杯底留香"之说，备受赞誉。

某年春天，勐板之地山野翠绿，鸟语花香，芒、遮、板三土司邀约于此，进行了一次别开生面的品茶活动。土司们挑选了几位漂亮的姑娘上山用嘴唇采摘从缅甸引种的白毛尖，不准用手触碰，直接含着青叶回土司府放入铁锅炒制。少女的纯净保留了自然的纯美，美女与香茗的结合达到一种境界，不失为一种具有独特创意的茶文化。"半壁山房待明月，一盏清茗酬知音。"酒性刚烈，茶性柔美，男人是酒的化身，女人是茶的形象，苏东坡"从来佳茗似佳人"的诗句就写出了女人与茶的基调。近年来，许多人结伴而行，兴游官寨茶园，在此与古人神交，同论茶道，聆听高山云雾、霜雪之魂的故事，续写女人与茶叶的秘籍。

人世沧桑，物换星移，官寨茶依然四处飘香，享誉四方。今有"勐巴娜西"品牌，以官寨茶历史文化为底蕴，生产官寨古茶树饼、官寨大白茶、七彩饼等80多个品种，多次荣获国家金奖。产品远销香港、广州等地及马来西亚、韩国等国家。

芒市官寨古茶树

## 后谷之果子狸咖啡

> 自然界奥妙无穷,许多东西一旦被人们发现和使用,往往会成为人间珍品。如果是商品,必然是奇货可居。芒市后谷公司的果子狸与咖啡,就在继续书写着这种奇迹。

果子狸也叫花面狸、白鼻狗、花面棕榈猫等,属东南亚灵猫科,在茂密而幽静的咖啡园里经常偷吃熟透的咖啡果子,造成产量下降。早先人们很讨厌这种动物,后来在印度的苏门答腊和苏尔维什岛等地方,当地人从果子狸的排泄物中挑选出比较完整的而且还裹着果肉黏液的豆子,没想到卖出去后居然大受欢迎。之后,人们干脆任其发展,咖啡种植园主拿果子狸的粪便当宝贝,将其仔细地清洗干净,精心烘焙后再出售。所以,品质最好的咖啡豆不是长在树上,而是在果子狸的粪便中找到的。果子狸是去除咖啡果肉的天然机器,这种机灵的动物每天晚上都会到咖啡园找咖啡果实吃,并在离开前把咖啡豆排泄出来。

为什么果子狸粪便中的咖啡豆会成为人间极品呢?食品专家解释说:咖啡豆进入果子狸的消化系统后,在系统中蛋白质会同咖啡豆相互作用。当咖啡豆烘烤时,这些小分子量蛋白质会同咖啡豆的碳水化合物或糖起化学反应,能冲泡出带有巧克力的自然香味。咖啡豆在果子狸的肠道中,经过特殊的细菌提供特殊的发酵环境,风味变得独特,格外浓稠香醇。据说果子狸专门挑选最

果子狸在吃咖啡果

好最成熟的咖啡果享用，这也从客观上保证了果子狸咖啡豆的品色。

从传统看，咖啡果子加工是透过水洗或日晒处理，除去果皮、果肉和羊皮层，最后取出咖啡豆。与果子狸咖啡豆加工有着本质的区别，一个是人工的，一个是纯天然的。

这种特殊的咖啡，在市场上价格昂贵，未经烘烤过的阿拉伯果子狸咖啡豆，到了咖啡商手里，一千克可以卖到500美元，比牙买加蓝山咖啡贵了4倍。在美国，果子狸咖啡豆的售价更是高达每千克1200美元。印尼种植着大量的咖啡作物，经过发酵和消化的果子狸粪便，就是一粒粒的咖啡豆，成为世界上最昂贵的粪便。一袋50克包装的咖啡豆价值1500元，只

能泡 3—4 杯咖啡。折算下来，一杯价格约为人民币 400 元。

芒市后谷采用同样的方法，实现人工与天然的完美结合。经过加工和烘焙，这种咖啡成为奢侈的咖啡饮品，流传到世界各地。由于原材料和制作工艺十分独特，这种咖啡可以说稀有，每年供不应求。

国外一些咖啡馆老板娘每年都会到世界各地旅游，搜罗咖啡稀品，后谷生产的"猫屎咖啡"自然成为她们瞄准的对象。物以稀为贵，对喜爱咖啡的人来说，在优雅舒适的咖啡馆里喝上一杯牙买加的蓝山并无特别，但倘若能喝到一杯芒市后谷产出的果子狸咖啡，那可算是此生无憾了。喝完一杯，深吸一口气或是含上一口凉水，便能明显感觉由口至喉一股清凉，如同刚吃完一颗薄荷润喉糖，其美妙清爽的感觉，是一般咖啡所没有的，用语言难以表达。

果子狸的杰作，早已成为人世间不可多得的珍品，卓尔不凡的特点为商界创造不凡的价值，无与伦比的美味让人难以忘怀。人们

果子狸粪便

有着极端的品评，称其为"人间极品"。

这种咖啡有个别称，叫作"有屎以来最香的大便"，名字虽然不太雅，但味道醇香、感受非凡却是事实。它曾经是印尼进贡荷兰王室的贡品。过去，业界将这种以猫屎为名的咖啡当成是一种笑话，认为此物一文不值，直到有关杂志对此进行特别报道之后，大家才逐渐对"猫屎咖啡"产生兴趣。

来自印度尼西亚的果子狸咖啡风味独特，堪称咖啡界的极品。产自芒市的果子狸咖啡同样气度不凡，制作过程更安全卫生，香气和口感深受好评。它以独特的气候和土壤形成自身的特质，作为后起之秀，同样风味迷人，而且价格低许多，吸引了许多咖啡爱好者。

在科技飞速发展的今天，人们寻求自然之纯美。世间优质咖啡豆成千上万，果子狸咖啡是诱人的饮品，人们在无休止地追寻。众里寻它千百度，你用不着蓦然回首，只要闭上眼睛闻一下就行。

香狸咖啡产品

## 芒市人的乡愁

具有民族风味的绿叶宴是何等的诱人,还没打开食物,一股清香就扑鼻而来。那清香中夹杂着被热乎乎的饭团烫出来的叶子香味和各种菜肴的香味,一闻这味就足以让人垂涎欲滴。这么脆生生的叶子包着的到底是什么好吃的饭菜?那么清香,那么诱人,还那么神秘地紧紧包着。

### 景颇族绿叶宴

享受绿叶宴最开心的是味道鲜美,最不应该的是一不小心,把一席历史文化吃到肚里,自己还一无所知。

每每看见连绵起伏的青山里宛若扬帆起航的芭蕉叶,或是在微风中翩翩闪动的苓芝叶,亲切感油然而生。望着那青翠欲滴的叶子,总想起景颇族独有的绿叶宴。用这些叶子盛装食物,使一桌餐宴散发出清香的叶子味,不知别人看到这些碧绿的叶子会有什么感想。也许当作林中普通的绿叶罢了。但我只要看到那些随风摇曳的叶子思绪就飞扬起来,一包包香喷喷的糯米包饭就浮现在我眼前,绿叶宴的场景就在眼前展现,那是景颇族人情有独钟的美食。

具有民族风味的绿叶宴是何等的诱人,还没打开食物,一股清香就扑鼻而来,那清香中夹杂着被热乎乎的饭团烫出来的叶子香味和各种菜肴的香味,一闻这味就足以让人垂涎欲滴。这么脆

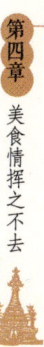

生生的叶子包着的到底是什么好吃的饭菜？那么清香，那么诱人，还那么神秘地紧紧包着。

　　第一次品尝绿叶宴，可能会有新奇而又无从下手的感觉。没事，请看景颇族人怎么弄。首先解开叶子包的食物，打开时叶根对自己，叶尖朝对面，可不要颠倒了啊，卷起来的叶尖叶面得抚平，不然别人会说你这人小心眼、小气之类的话哦。打开大包以后发现里面还有一些小包的，继续解开，每个小包里可能是鬼鸡、焖肉、烧肉、鸡蛋拌姜末苤菜、岩姜春干巴、马蹄菜拌小番茄、焖鱼等小菜。这里值得一提的是摆放烧鱼或是焖鱼这一道菜时很讲究摆放的方位，若就餐地点在室内，鱼头摆朝后门，在室外鱼头则顺山梁摆放，因为鱼顺水而上产卵，意在多子多福，图个吉利。

　　香飘四溢的绿叶宴，怎么没见餐具呢？在没有碗筷的情况下，五指当筷，手掌当碗，说是这样说，大家也不用急，摆在

景颇族千人绿叶宴

景颇族千人绿叶宴

大家面前包食物的芭蕉叶或是苓芝叶就是很好的简洁的餐具，撕开小片儿芭蕉叶就是筷子和勺子。碗呢？大片的叶子就当碗，用来盛饭或盛汤，要小心使用盛汤的叶子碗，泼了就没汤喝了。吃包饭时先从小的部分吃起，看着摆放在翠绿的叶子里的米饭和各种各样的小菜，使人迫不及待地摆开阵势，手拿叶子风卷残云般地吃起来。一阵风的时间绿叶宴只剩下叶子了。这样的珍馐佳肴不是每天都能品尝得到的，只有在特别的佳日里才能享用，有口福之人方品尝到具有传统民族特色的美餐，生态而新鲜，让人有回归大自然的感觉。品一口美味小菜，喝一口甜蜜的水酒，既解渴又提神。

绿叶宴一般可分为山官绿叶宴、寨头绿叶宴、神职绿叶宴、大众绿叶宴。怎么辨别各种绿叶宴呢？山官绿叶宴名副其实就是山官享用，双叶包烧五脏这道菜就是最明显的特点。包烧的五脏是整块整片、不经切割的，包这道菜的叶尖要顺山梁子摆放。为何包烧五脏是山官的独特菜肴呢？因为山官怀揣着百姓，山官的心连着百姓的心，百姓的命运握在山官手里，百姓的何去何从由山官掌管。山官绿叶宴菜肴丰富，全属山珍。寨头绿叶宴是一道酸菜炖五花肉，一眼看上去是一道山茅野菜，一些干腌菜叶和其他杂菜叶覆盖了整道菜，这是让人以为寨头吃的是山茅野菜，好肉好菜都上贡给山官了，寨头与百姓同甘共苦。其实不然，寨头的碗里却暗藏玄机，碗内盛的是炖五花肉，菜叶只是表面装饰物，是一寨头人演示给山官看的。此饮食隐藏着当时的社会生活中作为寨头人瞒上欺下的山官制度不尽如人意的一面。神职绿叶宴是斋瓦、董萨、分配祭祀食物的神职人员专用餐，包烧脑是神职人员最具特色的一道菜。斋瓦、董萨是景颇族历史文化的传承人，这些神职人员满腹经纶，神通广大，既能与神对话，又能占卜凶吉、驱鬼、治病，预言未来。生活中的神职人员是德高望重的，被人们誉为历史学家、哲学家、辞赋学家、预言家。神职人员饮食特别讲究，不食动物的内脏，因脑子是动物的中枢神经，为此把精髓部分奉于神职人员享用，视为最高的礼仪。大众绿叶宴是群众婚丧嫁娶、祭祀活动、贺新房、重大节庆中招待客人的饭菜。总之，绿叶宴别具特色，招待客人清新自然、保洁卫生、省时省事。

说起绿叶宴，不由得想起两个商人比阔气的一则寓言故事来，其中一位商人说："我家吃饭用的是金碗、银碗。"另一位也不示弱："我们用的是绿玉翡翠碗，而且用一次丢一次。"

有一天，两位商人在一起用餐，第一位商人知道对方的餐具是绿玉翡翠碗，于是自己也把家里的玉碗、玉筷拿出来。另一位则瞟了一眼朋友面前盛满食物的玉碗、玉筷，用鼻子哼了一声，心里默默地想，你用玉，我用的是绿"翡翠"！尔后不屑一顾地摆开绿叶宴津津有味地吃起来，每吃完一道菜便把叶子往后一扔，那扔叶子的神气样被用玉碗、玉筷的人看在眼里嘀咕在心里。碍于面子，只好吃好一道菜随手把玉碗往身后一丢，随着玉碗、玉筷的落地声心也破碎了。扔来扔去，身后一片狼藉，摔碎玉碗、玉筷的商人心痛得无法形容，只好向朋友作揖告别。寓言故事讽刺了过激、不切实际的人们的行为，绿

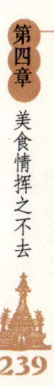

叶是就地取材，岂能与玉相提并论。

　　大山的子民们离不开叶子，包饭、包菜、盛汤、包礼物、包祭祀物品均用叶子。叶子是大山恩赐给太阳子孙的宝物，利用大自然的恩赐，人们的生活变得丰富多彩，独具一格。学会使用叶子也是一门诀窍，打包时讲究叶子的数量和正反面，叶子包新鲜的食物可以起到保鲜的作用，收到叶子包的礼物让人有种亲切感、神秘感，吃到用叶子打包的食物更喜不自胜。叶子的清香味让人胃口大开，品尝丰盛的绿叶宴是一种生活的享受，叶子包的特色小菜，打开品尝其味无穷，让人终生难忘。

少数民族美食

# 后 记

　　滇西有一块美丽、丰饶而多情的土地，自古以来她有自己的风景、自己的传说、自己的生活，这就是被誉为"孔雀之乡"的芒市，傣语称"勐焕"。明末清初，汉族陆续迁徙于此，同当地的傣族、景颇族、德昂族、阿昌族和傈僳族融为一体，世代繁衍生息，不论是人文历史积淀还是自然景观都具有独特的韵味。古迹佐证历史，民风传承美德，山川孕育生命，厚重的边城文化熏陶着各族百姓。

　　芒市不忙，人们不会浮躁。漫步在城乡绿色巷道，感受山水恬静的秀丽风光，品味独具魅力的人文景观，体会自然的平和与安宁。塔林密布、钟声环绕，一赏异彩纷呈的佛寺佛塔，聆听微风拂过古刹时的吉祥之音，用心感受那一刻，所有的烦扰浮躁都会烟消云散，使人获得心灵的宁静。

　　芒市文明出现在遥远的年代。时空穿越数千年，远古的族人创造了早期文明，已发现和出土了新石器时代的原始陶器和原始工具。五千年的始端，是一片寂寞清冷的苍穹，神奇的华夏大地期待着一个民族的兴起，古老的部落族群开始萌动。其实萌动的不仅是黄河摇篮，还有方圆千里的群山峡谷。随着时序的推进，芒市文化逐渐演绎成具有民族性和区域性的文化，渗透于生产生活及社交活动之中，以农事活动、婚丧嫁娶、宗教信仰、服饰礼仪、饮食居家、音乐舞蹈、文学艺术或是战争等形式为载体，各自彰显魅力，横亘时空，逾越千古。

芒市从来不是一块寂寞的土地。早在汉代以前，芒市即为"南方丝绸之路"的隘口，商道翻越千里边关进行商品贸易。抗战时期，滇缅公路全线贯通，成为全世界关注的抗战生命线。20世纪90年代芒市机场通航，古老的"南方丝绸之路"重放异彩，实现历史性跨越。芒市自古商贸兴盛，物流繁盛，在漫长的岁月里自然形成一块文化共生地，地方民族文化、中原文化、东南亚文化在这里发生碰撞，逐步融合，包容并存，构成水乳交融、千姿百态的景象。

芒市不盲，不是文化的盲区。鸿篇巨制贝叶经包罗万象，数量之多、内容之广，思想之精辟、影响之深刻，在世界上并不多见。一叶神舟构建了自成体系的傣族文化，景颇族的《目瑙斋瓦》、德昂族的《达古达楞格莱标》、傈僳族的《创世纪》等创世史诗撑起一片天空，数千行的叙事长诗气势恢宏，纵横历史长河，字里行间隐藏着不计其数的历史之谜，不论是从史学的角度还是从文学的角度，都有很高的价值。这些厚重的毛边书不愧是文化宝库中的经典之作，透出了各民族的智慧，深刻反映出他们的精神追求和久远的向往。

芒市节日多多，人们幸福指数高。这里人杰地灵，有浓郁的民族风情和多彩的民族节日，节日一节连一节，一年十二个月都能过节。节日集饮食文化、歌舞文化、服饰文化、宗教文化等于一体，异彩纷呈，承古拓今，彰显魅力。各民族不但勤劳勇敢，而且对生活有自己的理解，有自己的方式，劳作时忙得开心，休闲时玩得开心。有朋自远方来不亦乐乎，大家共同分享人生的美好时光，美酒滋润心田，佳肴满足味觉，歌舞愉悦身心。参加一次民族节日，对自己的生活方式也许会做重新思考。

芒市风景清丽优雅，芳草终年吐翠，瓜果四季飘香，投身葱郁的绿色海洋，欣赏各类奇花异草，越过九曲十回的碧玉清溪，仰望参天古木，与自然一同呼吸，接受源于上苍的恩泽和洗礼。

在这里，你可以看到如诗如画的田园牧歌。

在这里，你可以感受绚丽多彩的民族风情。

在这里，你可以把玩熠熠生辉的翡翠珠宝。

在这里，你可以体验休闲娱乐的无穷魅力。

走进芒市，你可感受梦幻般的神奇。

《文化德宏·芒市》编委会

2022 年 1 月